비문이라 생각하는 문장이 일부 있을 수 있으나.
이는 공감을 이끌어내기 위함이며,
저자 고유의 글맛을 살리기 위해
표기와 맞춤법은 저자 고유의 문체를 따릅니다.

김다슬 에세이

기분을
관리하면
인생이
관리된다

프롤로그

기분을 관리하면 인생이 관리된다.

하루를 결정하는 건 그날의 기분이기 때문이다.
기분 좋은 날이 행복하게 산 거고,
기분이 잘 정돈된 날이 잘 산 날이다.

사람은 기분이 좋아지는 무언가가 생기면
본능적으로 그것을 계속 찾게 된다.
끗히는 음악을 들으면 그 곡만 반복해서 듣고,
재밌는 게임을 하면 중독될 만큼 빠진다.

기분 좋아지는 사람을 보면
자꾸만 그 사람이 보고 싶다.
이성보다 먼저 몸과 세포가 반응한다.
이처럼 기분은 사람을 움직이는 원초적인 힘이다.

그렇기에 사람은 기분 전환에 막대한 시간과 돈을 쓴다. 기분 전환을 위해서라면 먼 곳의 바다를 보러 기꺼이 많은 시간과 비용을 지출한다. 예쁜 카페에 가서 커피와 달콤한 케익을 원가의 몇 배는 비싼 돈을 주고 사 먹는다.

기분만 나아진다면 시간과 비용을 아끼지 않는 것이다. 현명한 사람은 이러한 기분 관리의 중요성을 누구보다 잘 알고 더욱 효율적인 방법을 찾는다.

세계 정상급 부호인 일론 머스크가 멘탈과 기분을 관리해 주는 전문가를 거액을 주고 고용한 이유다. 결국 하루의 기분이 쌓여 인생을 이루기에 기분은 무엇보다 중요한 셈이다.

김다슬

차례

 1부 – 감당하기 힘든 시련이 계속된다면

2부 – 마음에도 적당한 거리가 필요하다

3부 - 삶을 대하는 알맞은 온도

감당하기 힘든 시련이
계속된다면

견디면 잘 풀리는
때가 온다

❀

견디면 결국 찾아온다. 잘 풀리는 순간이. 버티면 끝내 생긴다. 믿을 수 있는 인연이. 좋은 날은 신기하게도 반드시 다시 온다.

갑자기 시국이 나빠져서, 어쩌다 건강 문제가 생겨서, 뜻하지 않게 일이 풀리지 않는다. 안 좋은 일들은 약속한 것처럼 한꺼번에 덮쳐온다. 믿었던 사람에게 배신당하기도 하고, 인간관계에 염증을 느껴서 완전히 질려버리기도 한다.

하지만 좋은 인연을 만나는 건 우직하게 버틴 사람이다. 얄은꾀를 쓰면서 태도를 바꾸지 않고, 때가 묻어도 타락하지 않고, 자기 도리를 지킨 사람이 결국에는 좋은 인연을 만날 수 있게 된다.

일도 마찬가지다. 당장 잘 풀리지 않아도 어떻게든 견디면서 그 자리에 주저앉지 않고, 계속해서 방법을 찾고, 이런저런 시도를 해보며 끝내 작은 실마리를 찾아낼 수 있게 된다. 그리고 그 기점으로 일이 점점 풀리기 시작한다.

그렇게 한 번 방법을 알면 갈수록 잘 풀리게 된다. 그동안 고생한 시간은 그렇게 보상받는다. 견디고 버텨낸 시간 끝엔 틀림없이 행복하고 밝은 미래가 기다리고 있다.

동트기 직전 새벽이 가장 어둡다. 어둠이 모든 것을 영원토록 삼키려 들지만, 해가 뜨는 것을 결코 막을 수 없듯. 떠오르는 희망은 누구도 막을 수 없다.

하나, 감당하기 힘든 시련이 계속 생긴다.

돈 문제, 사람 문제, 건강 문제, 가족 문제. 살면서 겪을 수 있는 가장 심각한 문제들이 연달아 터진다. 하나만 터져도 감당하기 어려운 일이 계속해서 겹치는 시련을 겪게 된다.

둘, 삶에 회의를 느낀다.

무엇 하나 이룬 것 없이, 모아 둔 재산도 없이, 지금껏 이러고 살아온 것에 회의감이 물밀듯이 밀려온다. 좌절과 후회를 동반하여 숨도 못 쉴 정도로 깊이 잠긴다.

셋, 인간관계가 싹 정리된다.

있으나 마나 한 사람부터 아주 가까운 사람까지 한 번에 정리된다. 몹시 힘들 때라 도움이 절실한데 곁에 끝까지 남는 건 몇 사람 없기 때문이다. 나머진 연락조차 끊게 된다.

넷, 포기와 도전을 고민한다.

모든 것을 놓아버리고 싶은 마음과 뭐든 하면서 일단 살고 봐야겠다는 마음이 하루에도 몇 번씩 왔다 갔다 한다. 자아 분열 수준이다. 이대론 안 되겠다 싶어서 일어선다. 결국 새로운 도전을 결심한다.

서러워할 것 없다. 이 모든 시련과 아픔이 있었기에 제대로 살 것을 결심하게 되는 것이다. 그 덕에 거품 같은 인간관계도 싹 꺼지고 알맹이만 남게 됐다. 진정으로 나와 삶과 주변을 돌아보게 되었다. 그랬기에 예전보다 더 나은 사람이 될 수 있었고 새롭게 나아갈 수 있는 것이다.

✿

첫 번째, 30분 일찍 움직인다.

똑똑한 사람은 일찍 움직이는 것이 스트레스를 줄인다는 사실을 안다. 아슬아슬하게 시간을 맞출 때 받는 압박감, 시간에 쫓기느라 생긴 조급함, 시간을 어겼을 때 받는 죄책감. 일찍 움직이는 것은 이 모든 것을 예방할 수 있으니까. 아침에 30분 먼저 일어나고, 출근, 등교도 30분 먼저 하고, 약속 장소로 30분 먼저 출발한다. 고작 30분 차이로 매일 쫓기는 사람과 여유로운 사람으로 나뉜다.

두 번째, 책과 글을 읽는다.

책과 글은 생각과 관점을 환기시켜 준다. 알던 내용도 잊고 사는 게 사람이다. 현명한 사람은 그 망각을 잘 알기에 항상 독서를 가까이한다. 게다가 독서는 스트레스도 감소시킨다. 하루에 6분의 독서만으로 스트레스 지수가 68% 감소했다는 영국의 한 대학 연구 결과가 이를 뒷받침 한다.

세 번째, 멘토를 찾는다.

살면서 다양한 일을 겪고 걱정과 불안이 생긴다. 어려움이 생길 때마다 혼자서 감당하는 것은 힘들기에 등대 같은 존재가 필요하다. 그가 멘토다. 앞이 보이지 않을 때, 멘토에게 가이드를 받는 것만으로 방향을 알고, 길이 보이고, 생각이 바뀌고, 삶이 한결 수월해진다.

잘 배운 사람은 스트레스를 자신의 한정된 정신력만으로 극복하지 않는다. 늘 현명한 방법을 찾아내어 활용할 줄 안다. 멘탈에만 의존하는 것이 아니라, 주변 환경과 상황을 마치 도구처럼 똑똑하게 이용하는 것이다.

호구보다 이기적으로 사는 게 더 어렵다

🌼

호구처럼 살지 말고 이기적으로 살라는데 그게 더 힘들다. 호구 잡혀서 살지 말란다. 바보처럼 손해 보지 말고 독하게 좀 살라 한다. 차라리 나쁜 인간이 되라고 한다. 하지만 그리 사는 것이 더 불편한데 어쩌겠나.

영악하게 살면서 이기적으로 굴고, 독하게 내 것만 챙기면 몸은 지금보다 편하게 살지도 모르지만, 그런 성격이 부러워서 한 때 노력도 해봤지만, 마음은 오히려 무겁고 한구석이 찜찜했다.

지독하게 이기적으로 사느니 차라리 조금 손해 보더라도 마음 편한 삶이 낫다. 마음이 불편한 삶이야말로 불행한 인생이기에. 남에게 폐 끼치지 않는 것이 더 올바른 삶이라 믿는다.

호구라면서 그 순진함을 이용해 먹는 사람만 있는 것
은 아니다. 순진한 태도와 마음을 따뜻한 것으로 알아주
고 받아 주는 고마운 사람도 있다. 이런 사람 역시 대부분
따스한 마음을 가지고 있다.

　　이처럼 서로 비슷하고 닮은 사람끼리 보듬고 챙기면서
살면 될 일이다. 마음 맞는 몇 사람과 시원한 맥주 한 잔
에 속 깊은 대화, 피우는 웃음꽃, 나누는 온정. 이 정도만
있어도 충분히 근사한 인생이기에.

1. 온종일 누워서 폰만 본다.
2. 해야 할 일을 잔뜩 쌓아 둔다.
3. 운동, 청소 등을 끝까지 미룬다.
4. 씻고 먹는 것도 귀찮다.
5. '해야지, 해야지' 생각만 한다.
6. 절대로 실천하지 않는다.
7. 잘못된 걸 알아도 바뀌지 않는다.
8. 의욕이 없고 무기력하다.
9. 합리화가 끝이 없다.

이런 하루를 반복하기 시작하면 일주일이고, 한 달이
고, 심지어 몇 년이고 한없이 사람이 나태해진다. 문제는
아무것도 안 하는 상태인 건 틀림없는데, 그렇다고 제대
로 쉬는 것 같지도 않다는 점이다.

한껏 게으르게 퍼질러 있으면서도 머릿속엔 해야 할 것들이 맴돌고 해야지, 해야지 하면서 버거운 부담과 미래에 대한 불안감으로 가득하다. 차라리 마음 편히 푹 쉬고 상쾌한 몸과 마음으로 하루를 맞이하며 새 출발하면 좋을 텐데 그도 아니다.

이런 퇴영적 상태를 벗어나려면 아주 작은 것부터 시작해야 한다. 오늘 양치 3번, 팔굽혀펴기 3개. 이렇듯 어린아이도 쉽게 하는 작은 실천부터 말이다. 일단 악순환을 끊는 것이 무엇보다 중요하므로.

1. 게으름, 나태함

선천적으로 게으르게 태어난 사람은 노력해야 부지런해진다. 할 일과 계획을 쭉 적고 하나씩 지워나가듯 실천하면 부지런한 사람 못지않게 해낼 수 있다.

2. 말투, 욕설

건방지게 말하는 것, 싹수없이 뱉는 것, 말끝마다 욕하는 것. 노력하기 싫을 뿐이지, 노력하여 순한 말로 대체하기 시작하면 고쳐진다.

3. 피부, 몸매

하루에 생수 2리터씩 수분 섭취와 운동을 1시간만 해도 피부가 탄력이 생기고 체형이 잡힌다. 다부진 몸매는 다이어트 약이 아니라, 노력으로 만들어진다.

4. 습관

폭식하는 습관, 밀가루만 먹는 습관, 먹고 눕는 습관, 담배 피우는 습관 등 아예 끊는 건 못해도 노력으로 줄이는 건 가능하다. 줄이면 줄일수록 건강해진다.

5. 사람 자체

사람은 고쳐 쓰는 게 아니란 말은 노력하지 않는 자에게만 해당한다. 누구나 꾸준히 노력하면 충분히 바뀔 수 있고, 하나씩 바꾸다 보면 나중엔 사람 자체가 달라져 있다.

가장 많이 하면서 동시에
가장 하기 싫은 게 노력이다.
지독히도 싫지만, 노력하지 않으면
이루어지지 않는다.

✿

첫째, 끼리끼리 놀기 때문에.

모여서 술 마시고, 신세한탄을 늘어놓고, 누가 더 불행한지 경쟁이나 하는 사람은 주위에도 그런 친구밖에 없다. 잘 나가는 사람이 그런 사람과 어울릴 리는 없기 때문이다. 매일 똑같은 수준의 사람끼리 뭉쳐서 또 험담, 뒷말이나 하고 남 탓하기 바쁘다. 어릴 때부터 가까웠든 동창이든 무어든 아무런 발전도, 생산도 없는 집단이라면 하루빨리 벗어나야 한다.

둘째, 공간에도 영향을 받기에.

좋은 공간은 좋은 사람이 될 수 있게끔 영향을 끼친다. 오션뷰, 한강뷰의 고급 호텔에서 시작하는 하루는 기분이 다르다. 기분이 좋으면 일상생활과 태도에 영향을 줄 수밖에 없다.

평소에도 예를 갖추지만, 최고급 레스토랑에 가면 깍듯한 직원의 90도 인사와 서비스에 자기도 모르게 더욱 매너를 신경 쓰게 된다. 고급스러운 잠옷을 입으면 왠지 행동도 우아하게 해야 할 것 같은 기분처럼.

사람은 주변 환경에 쉽게 영향을 받는다. 앞서간 사람은 이점을 깊이 이해하고 있다. 그렇기에 더더욱 사회 각 분야 명사의 강연을 찾아 듣고, 책을 읽으며 자신의 환경을 바꾼다.

그들처럼 성공한 사람의 태도와 마인드를 배운다. 그들에게 영향을 받기 위해서 돈과 시간을 아끼지 않는 것이다. 그것이 지금 처한 주위 환경을 바꾸는 일이기 때문이다.

어린 시절 가정 환경이
중요한 이유는

✿

하나, 어릴 적 상처가 평생 간다.

부부 싸움, 가정 폭력을 어릴 때부터 당한 사람은 트라우마처럼 그 상처가 평생을 따라다니므로 쉽게 초조해하고 쉽게 불안감에 빠진다. 특별한 이유가 없어도 마음이 편하지 않고 막연히 조마조마한 정서적 불안에 시달린다.

둘, 사람을 믿지 못한다.

가장 가까운 사이고 가장 사랑하는 관계가 서로를 헐뜯고, 욕하고, 폭력적으로 싸우는 모습을 보고 자랐기 때문에 아무도 믿지 못하게 된다. 아무리 가까운 사이라도 언제든 최악으로 변할 수 있다는 사실을 이미 어릴 때 자신도 모르게 학습한 셈이니까.

셋, 인간관계를 회피한다.

관계에 관한 두려움을 무의식적으로 가진다. 어릴 적 뇌리에 깊숙이 박힌 공포는 커서도 인간관계가 조금이라도 불안정하거나 불편하면 회피하려는 성향으로 나타난다. 그 결과 인간관계가 좁다.

이처럼 관계에 불안, 회피, 어려움을 자주 겪는다면 스스로 원인과 상태를 알고 치유하는 과정이 꼭 필요하다. 어릴 땐 어쩔 수 없었지만, 이제는 스스로를 구원할 수 있으니까.

좋지 못한 생각에
휩싸일 때

✿

　가끔 좋지 못한 생각에 휩싸일 때가 있다. 의지와 상관
없이 기분이 침전되고 하루가 무기력하다. 사람의 마음은
날씨와 같아서 쨍하고 해 뜰 날만 있지 않다.

　인생을 겪다 보면 잔뜩 흐린 날도 있는 법이다. 흐린
날씨도 자연스러운 날인데 어쩌겠나. 대신 오래 머물러
있지 않아야 한다. 하지만 이런 사실을 알고 있어도 꼼짝
없이 무기력하기도 하다.

　그럴 땐 해야 하는 일을 전부 다 하려고 하지 말고, 그
중에 가장 중요한 하나만 정해서 하는 것이 좋다. 작은 용
기를 가지길. 용기는 크게 마음을 먹고 움직이는 것만이
용기가 아니다. 아주 소소한 걸음에도 용기가 실린다.

한 발자국만 내딛어보자. 두렵고, 귀찮고, 피곤하고, 쉬고싶다면 한 발자국만 앞으로 나간 후에 다시 쉬면 된다. 실컷 쉬고 다시 한 발자국. 이런 식으로 한 발씩 나아가보는 거다.

가만히 멈춰서서 제자리에 있는 것이 아니니, 머리 위를 뒤덮고 있는 검은 구름떼를 언젠간 벗어난다. 많은 걸 한꺼번에 하려는 생각을 버리자.

하나씩 하면 된다. 충분히 할 수 있다. 차근차근하면 어렵지 않다. 얼마든지 해낼 수 있다. 그러다 보면 맑게 갠 하늘처럼 맑아진 표정을 지을 수 있게 될 것이다.

잘 사는 것이 최고의 복수다

❀

가장 좋은 복수는 잘사는 거다. 나를 버리고 떠난 상대보다 훨씬 더 잘사는 것. 이보다 훌륭한 복수는 없다. 사람은 무의식적으로 자신의 위치를 점검하는 습관이 있다. 지금 잘살고 있는 건지, 아닌지.

따라서 누구에게나 과거를 돌아보는 시기가 있기 마련이다. 이때 과거의 인연이 어떻게 지내는지 궁금해한다. 얘기를 건너 듣거나, 그 사람의 SNS를 염탐하는 식으로 알아보고는 한다.

그럴 때 과거의 인연이 잘살고 있으면 부럽기도 하고, 후회도 하게 된다. 바로 이러한 심리를 이용하여 복수할 수 있는 것이다.

경제적 성공을 이루고, 외적인 자기 관리도 하고, 내면을 다지고, 더 좋은 사람을 만나서 행복하게 사는 것. 그렇게 잘살면 SNS를 통해서든, 소문이 나든 상대도 알 수밖에 없다. 통쾌한 복수의 완성이다.

반면 결코 보여선 안 되는 모습이 찌질한 모습이다. 울고불고 매달리는 짓은 이미 마음이 떠난 상대에겐 있었던 정마저 떨어질 만큼 역효과다. 동요하고, 망가지고, 아파하는 모습을 보이면 안 된다. 그런 모습을 보일수록 상대는 오히려 잘 떠났다고 기뻐할 테니까.

폐인처럼 살다가 복수하려고 성공했다는 성공담은 세상에 무수히 많다. 그만큼 복수심은 삶을 움직이는 커다란 원동력이다. 핵심은 이 강력한 에너지를 상대를 증오하는 데 쓰지 않고 오롯이 자신을 위해 쓰는 현명한 자세에 있다.

정신이 뺏기지 않아야 충실한 하루다

✿

충실한 하루를 살려면 정신을 뺏기지 않아야 한다. 흔한 말로 혼이 쏙 빠진다고 하는데, 이를 방지하려면 원인을 아는 것이 중요하다.

가장 큰 원인은 스마트폰이다. 습관적으로 손에서 놓지 못하는 스마트폰이 사실상 가장 많은 시간과 정신력을 빼앗는다.

스마트폰을 켜면 재밌는 각종 유튜브 영상과 카카오톡, 인스타그램, 페이스북, 틱톡을 비롯한 다양한 SNS를 접하게 된다. 몰입하게 되는 순간 시간은 훌쩍 지나가 있다.

티비를 비롯한 여러 매체도 마찬가지다. 스스로 특정 시간대에 일정 시간만 시청하겠다는 계획을 정하고, 그 시간에만 시청하는 절제가 필요하다.

인간은 육체 활동으로만 에너지를 소모하는 게 아니라, 정신적으로도 많은 에너지를 소모한다. 정신력은 한정적이다. 그러니 중요한 곳에 집중할 줄 알아야 하루를 충실하게 보낼 수 있다.

아직 일어나지 않은 미래의 일을 걱정하는 것. 이미 일어나고 지나가 버린 과거의 일을 후회하는 것. 그런 생각들에 사로잡혀서 제대로 대처하거나 준비하지 못한 자신을 자책하는 것. 이 모든 게 정신력을 소모하는 일이다.

쓸데없는 소모를 줄여야겠다. 그래야 정말 필요한 때, 필요한 곳에 정신을 온전히 집중할 수 있으니까.

❀

잘살고 있는 게 맞는지 혼란스러울 때가 있다. 지금 내 위치가 어딘지 알고 싶지만, 도통 알 수 없을 때. 잘살고 있는지 알고 싶다면 스스로의 삶을 얼마나 통제하고 있는지를 보면 된다.

하루의 기분이 어떤지. 순간마다 드는 감정을 조절하고 있는지. 계획한 것을 실천하고 있는지. 목표로 세운 것에 조금씩이라도 다가가고 있는지. 차분한 점검이 필요하다. 뜻한 대로 삶을 이끌어 가고 있다면 잘살고 있는 게 맞다.

잘살고 있지 못한 상태는 휘둘리는 상태다. 타인에게 휘둘리고, 감정에 휘둘리고, 열등감에 휘둘리고, 휘둘리느라 계획한 것을 자꾸만 놓치는 경우가 그러하다.

이런 상태를 지속하면 목표와 멀어진다. 핸드폰만 보더라도 의지대로 통제하지 못하고 시간을 뺏기곤 한다. 메세지 하나를 확인하려다가 이메일함을 열어보고, SNS를 켜고, 유튜브까지 시청하게 된다.

이런 식으로 의도치 않게 시간을 낭비한다. 사소한 문제부터 통제할 줄 알아야 한다. 시간을 정해두는 것. 멈출 줄 아는 것. 해야 할 일부터 하는 것. 사람은 기계가 아니라, 매일 완벽하게 통제할 순 없다. 다만 자신의 의지대로 통제할수록 비로소 잘살고 있는 인생에 가까워진다.

❀

　복잡하게 생각할 것 없다. 스스로 멋있다고 생각하는 삶을 살면 된다. 내가 나에게 멋있다고 말해 줄 수 있는 것이라면, 하면 된다.

　이것저것 따지고, 재고, 해도 될까 말까, 어디로 갈까 관둘까, 무엇이 더 효율적일까 아닐까, 내 생각이 맞나 틀렸나, 남에게 어떻게 보일까, 이상하지 않을까, 관계가 망가지진 않을까, 기존의 것도 망치지 않을까 등등. 잡다한 고민과 걱정은 접어두자.

　그저 그것을 했을 때 나 자신이 멋있나, 아닌가만 생각하자. 의사 결정이 아주 단순해질 것이다. 스스로 생각하기에 멋있으면 하고, 멋없으면 하지 않으면 된다. 때때로 이런 단순함이 필요하다. 평생 모든 걸 단순하게 살란 말이 아니다.

머리가 복잡해서 터질 것 같을 때, 정리가 되지 않을 때, 자꾸만 시간이 늘어질 때, 조급함과 압박감이 생길 때, 뭐라도 해야 할 것만 같은 강박감에 괴로울 때.

그럴 때는 단순함이 필요하다. 스스로 멋지다는 생각이 든다면 끝까지 밀어붙이는 것이다. 복잡한 순간, 생각을 단순화하는 태도가 삶을 멋지게 만든다.

자존감을
높이는 향상심

❀

자존감을 높이고 싶다면 자신과의 약속을 지키는 게 중요하다. 타인과의 약속이 아니라, 스스로 약속하고 지키는 것이다. 이 방법은 자존감을 빠르고 확실하게 높여준다.

단, 지킬 수 없는 약속은 오히려 자존감을 낮춘다. 지나치게 높은 목표보다는 자신이 지킬 수 있는 작은 목표를 세우고 약속하면 된다.

매일 먹던 야식을 1주일에 1번만 먹겠다, 전혀 하지 않던 산책을 매일 10분만 하겠다, 죽어도 공부하기 싫던 영어 회화를 관련 영상으로 매일 1개씩 보겠다.

이처럼 구체적이고 현실적인 목표를 잡고 실천할 것을 스스로 약속한다. 아주 작은 약속임에도 지키면 지킬수록 조금씩 자신이 나아지는 걸 느낄 수 있다.

향상심을 느끼는 게 중요하다. 향상심은 지금의 나보다 더 나은 나로 발전하길 바라는 마음이다. 자존감을 높이는 요령은 향상심에 있다. 이 마음을 적극적으로 활용하면 매일 발전할 수 있게 된다.

혼자만의 시간을
가져야 한다

✿

혼자만의 시간을 가져야 한다. 과거엔 혼자인 시간을 초라하고 쓸쓸하게 느껴 견디지 못했다. 하지만 이제는 혼자만의 시간이 꼭 필요하다는 것을 안다.

사회생활을 하면 학교, 직장, 종교, 친구 모임, 동창회, 동호회, 심지어 단톡방 등등. 특정 집단에 속할 수밖에 없다. 이처럼 집단에 속하는 건 일상과 뗄 수 없는 일이다.

문제는 집단 내에서 인간관계와 이해관계로 얽힌다는 점이다. 그런 관계 속에 파묻히면 자기 자신은 뒷전이 된다. 집단에선 자신을 앞세웠다간 이기적인 인간으로 낙인 찍히기 때문이다.

이럴 때 관계는 족쇄와 같다. 생각과 행동에 제약이 생기고, 내 기분과 감정은 중요하지 않게 된다. 이는 무의식적으로 습관이 되고, 일상에서도 나보다 집단을 우선하는 피곤한 태도가 된다.

혼자만의 시간은 이를 벗어나기 위해서 필요하다. 혼자만의 시간을 통해 타인과의 관계에서 벗어나 객관적으로 상황을 볼 수 있게 되고, 자신을 정비할 수 있게 된다. 무겁고 갑갑한 족쇄를 벗고 온전한 나를 찾을 수 있는 시간인 것이다.

내가 나다우려면 우선
나만의 시간을 가져야 한다.

달의 시간

시간은 신비롭고 덧없다.
기원이 된 칠백만 년 전 최초의 인류도
신화가 된 오천 년 전 단군이란 존재도
신이 된 이천 년 전 예수라 불린 존재도
피가 이어진 할아버지의 할아버지도
똑같이 밤하늘의 저 달을 올려다봤겠지.

달에겐 이 모든 게 찰나의 순간이고
변함없이 그 자리에서 비추었겠지.
그때의 달은 지금도 나를 비춘다.
내 자식의 자식 또한 저 달을 볼 테지.

백 년도 못 사는 주제에 뭘 그리
영원할 것처럼 굴면서 아등바등 살까.

✿

　마음이 가난한 날이 있다. 속에서 꺼낼 언어가 없어서
나눌 말조차 없을 때 말이다. 마음이 가난해지는 날이면
평소보다 이기적인 사람이 된다.

　나 하나 감당하기도 버겁고 힘든데 누굴 신경 쓰고 챙
기는 것이 사치처럼 느껴진다. 그렇게 주변의 아픔과 우
울을 모른 척하기도 한다.

　심지어 나 자신의 아픔과 우울마저 못 본 척 덮어놓을
때도 있다. 괜찮아지겠지 하면서 대충 넘기는 식이다. 몹
시 힘이 빠져서 자신을 돌보는 일조차 힘겨운 상태다.

그럴 때면 좋아하는 작가의 글과 책을 찾아서 읽는다. 좋아하는 감독의 영화를 찾아서 본다. 좋아하는 가수의 노래를 찾아서 듣는다. 그들의 작품은 좋은 언어로 가득하다.

가난하여 인색해져 버린 내 마음을 달래주고 풍요롭게 채워 준다. 좋은 언어란 내 마음을 알아주는 언어다. 가슴속에 응어리진 무언가를 해소해 주는 언어다. 살아갈 용기와 희망을 주는 언어다.

가난한 마음을 풍요롭게 채워 주고 무기력한 나를 일으켜 주는 건 언제나 좋은 언어였다. 당신과 나에게 좋은 언어와 같은 사람이 되고 싶다.

✿

몸과 마음을 편안하게 하자. 최대한 편한 자세로 앉자.
눕는 것도 좋다. 생각도 멈추자. 자꾸만 드는 여러 생각이
걱정과 불안을 불러오는 법이니까.

아무 생각 없이 멍 때리는 것도 좋다. 가능한 온몸에
힘을 빼고 추욱 늘어뜨린다. 마음은 잔잔하고 고요한 호
수를 떠올린다. 딱딱하게 굳어있던 목과 등과 어깨에서
무언가 빠져나가듯 긴장이 풀어진다.

이렇게 몸과 마음에 휴식을 주는 것이다. 이완 상태가
주는 평화로움을 기억하자. 버거운 압박감과 무거운 부담
감은 내려놓고 싶어도 내려놓을 수 없을 때가 많다.

압박과 부담을 주는 상황이 현실이기 때문이다. 압박과 부담은 아무리 지쳐도 쓰러지지 않게 버티는 이유가 되기도 한다. 동시에 몸과 마음이 비명을 지르는 원인이기도 하다. 누구도 피할 수 없는 양날의 검인 셈이다.

그러니 제대로 된 휴식이 필요하다. 매일 몰아세울 것 없다. 며칠 정도는 쉬었다 가도 된다. 실컷 채찍질하는 날이 있으니 확실히 쉬는 날도 있어야 균형이 맞다.

너무 심한 압박은 조급함만 생기고 일을 더 어렵게 만든다. 이를 조절하는 게 균형 잡힌 휴식이다. 쉴 때는 편안히 쉬어도 된다.

어디론가 훌쩍 떠나고 싶다.
목적지가 어디건 중요하지 않다.
중요한 건 지치고 답답한 마음이
한계에 가깝다는 거다.
휴일이 있을 뿐, 쉼은 없어진 요즘이기에.

부정적인 사람으로
변하는 이유 3가지

첫째, 방어 기제

실패를 경험한 사람은 더는 상처받지 않으려 기대를 품지 않고, 일단 부정적으로 본다. 모든 현상과 사물을 좋지 않은 쪽으로 말한다. 그것이 방어 기제임을 스스로 자각하지 못하는 경우가 많다.

둘째, 비교

인간은 타인에게서 벗어날 수 없다. 평생 타인의 시선에서 자유롭지 못하다. 의식하지 않으려 부단히 애를 써도 옷 없이 알몸으로 밖을 돌아다닐 수 없듯이 타인의 시선은 신경이 쓰인다. 이는 비교를 불러온다. 그렇게 자꾸 비교하다 보면 무엇은 못났고, 어떤 건 초라하고, 자신은 비참한 것 같은 부정적인 시각이 생긴다. 흔히 '현타'라고도 한다.

셋째, 인내의 한계

인내가 바닥을 치면 무척 예민하고 민감해진다. 참을 만큼 참았다. 건드리면 폭발하는 상태와 같다. 평소와 같으면 웃고 넘길 일도 그러지 못한다. 별거 아닌 일에도 짜증이 나고 작은 것에도 화가 난다. 비약을 잘 하지 않았던 사람도 이럴 때면 무슨 말이든 부정적인 쪽으로 비약해서 받아들이게 된다.

❀

첫 번째, 다른 사람이 뭐라든 신경 쓸 것 없다.

본인 삶이 초라한 인간일수록 다른 사람 이야기를 하는 법이다. 진정으로 잘난 사람은 자기 계발하고 주위 사람을 챙기기에도 시간이 부족하므로 타인한테 별 관심이 없다. 못난 사람은 열등감이 가득해서 자기 삶을 다른 사람의 험담으로 채우는 우매한 짓을 한다. 실제로 본인의 가장 귀한 재산인 시간을 타인을 위해서 쓰고 있으니.

두 번째, 시샘은 잘살고 있다는 방증이다.

질투하고 시기하는 사람이 있다면 지금 아주 잘하고 있다는 증거다. 못 하고 있는 사람에겐 시샘을 느끼고 싶어도 느낄 수가 없다. 싸구려는 아무런 논란도, 짝퉁도 생기지 않지만, 명품은 생기듯.

세 번째, 멘탈이 강한 사람은 없다.

단단한 멘탈을 가진 사람이 따로 있는 줄 아는데 그렇지 않다. 더 자주 멘탈을 잡는 사람이 있을 뿐이다. 멘탈은 누구나 흔들리지만, 겉으로 내색하지 않고 조용히 속으로 한 번 더 붙잡는 사람이 강해 보이는 거다.

멘탈이 자꾸 흔들린다고 무너지지 말길.
자주 흔들리면 더 자주 잡으면 되는 일이다.
마음은 몇 번이고 다잡을 수 있다.

잘 배운 사람이
티가 나는 대목

❀

1. 싫어하는 짓을 하지 않는다.

좋아할 만한 행동으로 환심을 사는 것에 급급하기보다 싫어할 짓을 하지 않고, 그저 자기 할 것을 한다. 조급하지 않고 관심을 구걸하지도 않으니, 사람을 대하는 게 늘 담백하다. 이러면 상대가 알아서 호감을 품는다.

2. 상황을 예측한다.

아무 생각 없이 일단 저지르고 보지 않는다. 이 말을 하면 어떤 상황이 벌어질지 예측한다. 이는 상대와 갈등이나 마찰을 피하는 데 효과적이다. 간혹 자기는 뇌를 거치지 않고 바로 말한다고 자랑스레 떠드는 사람이 있는데 그건 자랑이 아니다. 자기는 그만큼 가식 없이 솔직하다는 점을 강조하고 싶어서 하는 말이지만, 실제론 생각 없이 무례한 사람일 가능성이 크다.

3. 당연한 건 없음을 안다.

무엇이든 대가가 따른다는 걸 안다. 그래서 상대의 수고와 노력을 결코 당연하게 여기지 않고 보답할 줄 안다.

잘못 배운 사람이 되기는 쉬워도 잘 배운 사람이 되기는 어렵다. 선천적으로 타고난 사람도 있으나, 소수에 불과하다. 보통은 사회생활을 하면서 많이 깨지고, 당하고, 반면교사로 삼는 각고의 노력 끝에 터득한다.

✿

1. 편한 대상을 막 대할 때.

그 사람의 인성을 알고 싶으면 가족, 노인, 어린아이, 반려동물, 종업원, 경비원을 대할 때 유심히 살펴보면 된다. 사람은 일상에서 편한 대상을 대할 때 가면을 벗고 비로소 무방비한 인성이 드러난다.

2. 돈을 쓴다고 갑질할 때.

돈 쓰는 걸 마치 권력처럼 생각한다. 돈을 쓰고 그만한 서비스를 받지 못했다면 논리적이고 차분하게 따지면 될 일이다. 화내고, 윽박지르고, 당연히 그래도 되는 것처럼 갑질할 일이 아니다. 같은 사람이 사는 사회임을 망각한 짓일 뿐.

3. 타인의 취향을 무시할 때.

자기 취향만 우월하다는 착각에 빠져 사는 부류. 클래식, 락, 힙합 등 특정 장르와 가수를 찬양하면서 대중가요나 아이돌 가수를 우습게 안다. 독립 영화나 미술은 인정하고, 상업 영화나 미술은 비난한다. 특정 작가와 책은 좋다면서 많은 대중이 찾는 에세이나 웹 소설을 쓰레기 취급한다. 예술 분야에 나타나는 전반적인 현상이다. 일종의 선민의식에 젖어있는 사람들이 주로 그런다. 심한 경우 '예술병에 걸렸다'고도 한다. 이들의 공통점은 본인이 찬양하는 예술을 비하하면 발끈한다는 점이다. 정작 본인은 타인의 취향을 깎아내리면서 말이다. 본인의 취향이 귀하면 남의 취향도 귀한 줄 알아야지.

잘못 배운 사람은 굳이 설득하기보다 멀리하는 것이 낫다. 가만 보면 사람은 고쳐 쓰는 게 아니라는 유명한 말이 타당하게 느껴질 때가 많다.

✿

안 그래도 찌는 듯한 더위에 일이 너무 많이 몰려들었다. 길은 밀려든 일을 하나씩 점검하며 서류 작업을 했다. 한참을 처리하던 그가 축 처진 손을 들어 얼음물 한 잔을 들이켰다.

"후우..."

길은 자동차 공업사를 운영하는 대표였다. 범지구적으로 질병이 유행하여 모든 나라가 어려운 상황. 특정 업계가 줄도산하고 수많은 자영업자가 벼랑으로 내몰렸다. 이런 어려운 시국에 그에겐 도리어 일이 몰렸다. 많은 이가 일이 갈수록 주는 터라, 일반적으로는 있을 수 없는 일이었다.

어릴 적 공업 기술을 배운 것을 바탕으로 겁 없이 사업에 뛰어든 지 11년. 처음부터 모든 일이 순탄했던 것은 아니다. 사업 수완도, 사람으로서도 부족함이 많았기에 실패와 좌절도 여러 차례 겪었고 갖은 쓴맛을 봤다.

그런데도 끝까지 포기하지 않고 오로지 앞만 보고 달렸다. 그는 따로 영업하지 않았다. 그저 찾아오는 손님에게 최선을 다했다. 얼마든지 단가에 장난을 쳐서 더 높은 이윤을 남길 수 있었으나, 최대한 정직하게 임했다.

교통사고로 박살이 나서 가망이 없어 보일 만큼 망가진 사고 차도 마치 새 차처럼 살려냈다. 합리적인 가격에 조금이라도 더 제대로 고치고 상태를 보완했다. 기본을 누구보다 철저히 지켰다. 그러자 손님이 알아서 입소문을 냈다.

손님은 바보가 아니다. 여기저기 알아보고 하나하나 비교도 해본다. 가격, 기술, 장비, 처리 상태, 친절함, 서비스 등 여러 요소를 철저히 따진다. 이처럼 합리적이고 제대로 수리하는 업소는 무척 드물었다.

그렇기에 길의 손을 거쳐 간 차는 상태가 대단히 훌륭했고 서비스는 친절했다. 손님이 고마운 마음을 봉투에 직원들의 식비와 함께 담아 전달하기 일쑤였다. 이에 그치지 않고 손님 중 절반 이상이 차에 이상이 생기거나 사고가 나면 다시 길을 찾았다. 그러면 그는 다시 찾아온 손님을 고마워하며 조금이라도 더 신경 써서 챙겼다.

감동한 손님이 지인을 손님으로 소개하고, 그 지인 손님은 또 다른 지인을 손님으로 소개했다. 믿음이 믿음을 낳은 것이다. 그렇게 길은 이 바닥에서 자리를 잡고 성공을 거뒀다. 한데 그는 이 모든 걸 자신이 이룬 거고, 전부 자신의 몫이라고는 생각하지 않았다.

자신과 함께하는 동료와 지인들이 있기에 가능한 일임을 알고 있었다. 틈만 나면 직원들에게 맛있는 걸 대접하고 연봉을 인상하는 등 고마움을 표하고 받은 걸 나눴다. 여유가 될 때마다 주위 사람들에게 선물을 사서 마음을 전하고 맛있는 걸 대접했다.

길은 혼자 가지는 것보다 타인과 나누는 게 즐거웠다. 특히 소중한 사람과 나눌 때면 그 즐거움이 배가 됐다. 나눌수록 속에 비어있던 무언가가 차오르는 감각이었다. 그렇기에 그는 나누는 것이 얻는 것이란 마음이었다.

그저 나누고 싶다는 마음을 품었을 뿐인데,
그는 어느새 세상을 사는 데 가장 필요하고
현명한 지혜를 품고 있었다.

2부

≋

마음에도 적당한 거리가
필요하다

인맥에 목맬
필요 없다

≈

인맥을 늘리느라 애쓰지 않아도 된다. 인맥은 늘리는 게 아니라, 생기는 것이라 그렇다. 인맥을 늘리려면 반드시 시간, 돈, 신경을 써야 한다.

상대와 지속해서 술자리 또는 취미 생활에 어울려야 한다. 특히 있으나 마나 한 인맥이 아니라, 실질적으로 도움이 되는 인맥은 지금의 나보다 잘났기 때문에 많은 것을 상대에게 맞춰야 한다.

자연스레 자기 계발에 투자할 시간과 돈은 줄어들 수밖에 없다. 나한테 써야 할 소중한 자원을 남한테 쓰는 셈이다. 인맥에 투자할 시간과 돈으로 자기 계발에 투자하고, 인맥 대신 실력을 늘려야 한다.

실력이 있고 성실한 사람은 인맥이 알아서 생기기 때문이다. 성실한데 실력까지 있으면 그 가치를 누가 모를까. 제대로 된 안목이 있는 사람이라면 누구나 그런 가치 있는 사람을 가까이 두려고 한다.

그때 가서 생기는 인연을 소중히 여기면 된다. 그때는 서로에게 도움이 되는 관계이기 때문에 맞출 필요도 없고 일방적으로 뺏길 일도 없다. 이런 관계가 제대로 된 인맥이다. 그러니 인맥에 목맬 필요 없이 자기 자신을 발전시키는 것이 곧 건실한 인맥을 만드는 비결이다.

가까이 둬선
안 될 사람

≋

안 될 이유만 말하는 사람은 가까이 둬선 안 된다. 사람은 누구나 실패를 하면서 산다. 그러나 그 실패마저도 시도가 있기에 가능한 일이다. 시도조차 하지 않는 사람이야말로 최악의 실패다. 아인슈타인은 어제와 똑같이 살면서 달라진 내일을 기대하는 건 정신병 초기라는 명언을 남겼다.

아무것도 하지 않으면서 나아진 결과만 바라는 모순덩어리의 욕심쟁이에게 일침을 가한 말이다. 안 될 이유만 찾는 사람이 바로 이런 사람이다. 무엇이든 안 되는 이유가 있겠지만, 시도해보며 고치면 된다. 고쳐지지 않는다면 해결 방법을 찾으면 된다. 해결 방법이 없다면 다른 방법을 찾으면 된다.

다른 방법마저 없다면 다른 일을 시도하면 된다. 중요한 건 안 될 이유를 대면서 언제까지고 가만히 앉아있는 것이 아니라, 안 될 이유를 알아도 움직이고 해보는 거다. 그래야만 내일이 달라진다. 조금씩 달라지는 내일이 쌓여서 훗날 몰라보게 다른 사람이 된다.

하루아침에 기적처럼 달라지는 사람은 존재하지 않는다. 안 되는 이유부터 찾는 사람을 경계하고 멀리해야 한다. 그 사람은 그렇게 살았기에 성공하지 못하고 지금처럼 사는 것이다. 부정적이고 게으른 사람의 말에 휘둘릴 이유가 없다.

어느 때건, 무슨 상황이건.
아무런 이유도, 어떠한 의문도 없이
무조건 내 편인 사람.
그런 사람이 단 한 명만 있어도
평생을 구원받는다.

맺고 끊는 것이
잘 안되는 이유

≋

　인간관계를 마음대로 맺고 끊지 못하는 이유는 소심해서 그런 것이 아니라, 정이 많아서다. 잔정이 많은 성격이라 마음이 여리다. 그러니 상대방에게 모질게 굴지 못한다.

　태도가 달라진 사람을 보면 괜히 무얼 잘못했나 싶고, 멀어지는 사람에게 가까워지려고 노력하고, 떠나는 사람은 안타까운 마음에 붙잡고 싶어 한다.

　사이가 괜찮았던 경우 계속해서 좋았던 시절의 과거를 떠올리고, 이전 상태를 유지하고 싶고, 시간을 되돌리고 싶어 한다. 그러니 상대에게 상처가 될 수도 있겠다는 생각에 싫은 소리도 못 한다.

가위로 자르듯 딱 잘라서 끊고 냉정한 사람처럼 굴고
싶지만 잘 안된다. 남이 보기엔 답답할 수 있다. 구질구질
하지만, 성격이 그런 걸 어쩌겠나.

　　대신 상대를 더 배려할 줄 안다. 어떤 말과 행동이 상
처가 될지 살필 줄 안다. 남들이 사소하게 놓치고 사는 것
들을 섬세하게 챙길 줄 안다.

　　매몰차게 끊지는 못하지만, 몇 번이고 더 돌아보는 따
뜻한 마음을 지니고 있다. 이처럼 인간적이고 포근한 장
점을 품은 당신은 틀린 적이 없다. 그저 다를 뿐이다.

사이가
틀어지는 이유

≋

사람 사이는 앞뒤가 맞지 않는 모습을 볼수록 틀어진다. 갈수록 관계를 쉽게 생각한다는 사실에 실망이 커진다. 관심의 정도는 연락하는 것만 봐도 알 수 있다.

무관심한 사람처럼 나와의 연락은 뜸하면서 일에 관련된 연락은 칼같이 받는다. 그래도 일이라는 생각에 중요한 업무나 직장 상사라며, 내 앞에서 연락을 넙죽 받는 태도를 이해하고 넘긴다.

하지만 점차 다른 것들에도 우선순위가 밀린다. 연락은 하지 않으면서 게임은 한다. 메시지에 답장은 없으면서 페이스북과 인스타그램에는 접속 중이다. 전화할 시간은 없으면서 TV나 유튜브를 볼 시간은 있다. 만날 시간이 없다면서 다른 사람은 잘 만나더라.

어디까지 이해해줘야 하는 걸까. 이런 상황이 지속될수록 일방적으로 관심을 구걸하는 거지 같은 기분이 든다. 이는 응답에 관한 문제가 아니라, 사람 대 사람으로서 존중이 옅어지는 문제다.

특히 처음에는 그러지 않았던 사람이 이런 식으로 변하면 존중과 애정이 사라져 간다는 것을 더욱 절감하게 된다. 말로는 아무리 아니라고 해도, 정작 하는 행동은 나를 하찮게 대하는 것이 맞다. 사이가 틀어지는 결정적 원인이다.

편한 사람이
좋은 사람이다

≋

편한 사람이 좋은 사람이다. 특별히 의식하지 않아도 마음이 푹 놓이는 상대. 마음의 걸림돌이 없어서 마치 부드러운 맥주의 목 넘김처럼 대화가 술술 풀리는 상대가 그렇다.

특정 대화 주제를 정하지 않아도 이야깃거리가 끊이질 않고, 시시콜콜한 얘기를 얼마든지 입에 담을 수 있고, 별거 아닌 이야기로 웃음꽃을 피우고, 어떤 말을 하더라도 새어 나갈 걱정이 없고, 가끔은 마음에 들지 않는 일이나 타인에 대해 불평을 하더라도 내 편을 들어주고, 아무도 이해하지 못할 말을 해도 충분히 그럴 수 있다고 이해해주는 사람.

서로가 그저 말하고 듣는 것이 전부임에도 한결 마음이 편해진다. 생각이 정리되고 기분이 진정된다. 반면 사회 생활은 무척 건조한 인간관계라 할 수 있다.

정보다 업무로써 사람을 대하니까. 사람보다 실적과 성과를 우선시하니까. 매일 이런 관계에 노출되면 어느덧 가뭄처럼 마음이 메말라 파삭파삭 갈라진다.

이처럼 갈라진 마음이 다시금 촉촉할 수 있게 물길을 대어 주는 사람이 지금 곁에 있는 편한 사람이다. 마음을 온전히 놓을 수 있다는 가치를 귀하게 여기고 고마워할 줄 알아야겠다.

외로움이
찾아올 때

≋

외로움은 혼자일 때가 아니라, 아무도 마음을 알아주지 않을 때 찾아온다. 곁에 동료가 있건, 친구가 있건, 연인이 있건, 가족이 있건. 누군가가 있어도 내 마음을 알아주지 않을 때 외로움이 스민다.

표현하고 기대고 싶을 때도 있지만, 아무 말 없이 기대고 싶을 때도 있는 법이다. 혼자 있더라도 먼저 찾아와주고, 특별히 말하지 않더라도 먼저 내 마음을 알아주는 것말이다.

물론 나에게 별 의미도 없는 사람이 그래 봐야 오지랖부리는 것밖에 되지 않아서 거부감만 든다. 나에게 진정으로 의미 있고 소중한 사람이 먼저 알아주길 바란다. 표현하지 않으면 알 수 없는 게 사람 속이라지만, 자기도 모르게 티가 날 때가 있다.

안색이 안 좋을 정도로 얼굴에 쓰여 있거나, 우울해서 목소리부터 축 처진 상태라거나, 식욕마저 사라져 끼니를 자꾸 거른다거나, 스트레스를 먹는 것으로 풀어서 계속 폭식한다거나, 며칠씩 잠을 못 자서 퀭한 상태처럼 말이다.

이럴 때 만큼은 누가 알아줬으면 싶다. 불안하고 힘들어서 혼자 스스로를 감당할 수 없는 상태니까.

끝난 관계를
놓지 못한다

≋

끝난 관계를 놓지 못한다. 나만 놓으면 끝날 것을 안다. 그럼에도 좋았던 추억이 계속 생각난다. 이 사람과 함께 했던 소중한 기억과 행복했던 시간 때문에 잡고 있는 손을 놓지 못한다.

그때의 정, 그때의 온기, 그때의 다정함. 순간순간을 채워준 포근했던 면에 자꾸만 기대고 싶다. 다시 그럴 수 있다고 기대하고 싶다. 자존심은 상하지만, 그게 솔직한 마음이다.

그러니 비참해져도 놓지 못한다. 놓아버리고 나면 어김없이 찾아오는 버림받는 감각이 무섭다. 제발 나만 남겨두고 떠나지 말라고 외치고 싶은 심정이다.

혼자 아무리 노력해도 상대가 알아주지 않는 관계. 속은 슬퍼도 겉으로는 애써 웃음으로 포장하는 관계. 슬프게 웃는 게 이런 거구나, 처음 알게 된다. 놓기 두려운 것도 맞고 놓기 싫은 것도 맞다.

하지만 놓아야 한다. 놓지 않고 노력하면 이전처럼 돌아갈 것이라 희망을 품지만, 그럴 일은 없다. 놓는 건 나를 위해서이기도 하고 상대를 위해서이기도 하다.

아무리 소중했던 상대여도 이미 끝나버린 상대는 더이상 의미가 없으니까. 놓는 것까지 사랑이기도 하니까.

믿을 만한
사람이 없다

≋

　믿고 싶어도 믿을 만한 사람이 없다. 어릴 때 순수하게 사귀었던 친구도 크면서 변한다. 변하는 이유는 크게 두 가지다. 돈과 질투.

　사회생활을 하다 보면 자신도 모르게 때가 묻게 된다. 사람들과의 관계 속에 이리 치이고 저리 치이면서 알게 모르게 나쁜 걸 보고 듣고 익히기 때문이다.

　그러다 나쁜 마음에 점차 무뎌진다. 문제는 겉으론 별로 티가 나지 않기 때문에 자신의 마음 역시 검게 변하고 있다는 사실을 모른다는 점이다.

사람이 때가 묻으면 당장 눈앞의 돈에 사고가 마비된다. 그 결과, 돈과 질투로 인해 배신하는 사람이 차고 넘치는 사회가 됐다. 당장 눈앞에 돈이 놓이면 사랑이고, 의리고, 믿음이고, 도덕이고, 뭐고 깡그리 덮어놓고 돈에 매혹된다.

아는 사람이 나보다 잘나가면 배가 아프다. 시기와 질투심에 눈이 먼다. 자신이 느끼는 것이 질투인지도 모르고 막말과 험담을 서슴없이 뱉는다.

심지어 함께 태어나고, 자라고, 살아온 가족끼리도 뒤통수를 친다. 형제, 자매, 남매, 부모와 자식 간에도 말이다. 혈연조차 눈이 먼 욕망을 막을 수 없는 것이다.

믿을 수 있는 사람이 귀한 이유다. 곁에 진심으로 믿을 수 있는 이가 있다면 그에게 감사할 줄 알아야 한다. 그 덕분에 아직 인간관계가 아름다울 수 있으니.

그리움과
외로움은 다르다

≋

그리워하는 것과 외로워하는 것은 혼동하기 쉽다. 두 감정 모두 상실감이 드는 점은 같기 때문이다. 상실은 어둡고 캄캄하고 낯선 방에 혼자 남겨져 누군가를 애타게 기다리는 감각이다.

그래서 외로움 때문에 사람을 만나게 된다. 도저히 혼자서는 견딜 수 없을 만큼 외로워서 누구든 만나 상실감을 달래려고 한다.

타인과 시간을 보내면 외로움이 달래지기도 하지만, 전혀 달래지지 않는 순간이 있다. 이때의 감정은 외로움이 아니라, 그리움이라서 그렇다.

외로움은 아무나 달랠 수 있지만, 그리움은 그 사람이 아니면 달랠 수 없다. 심장을 한 움큼 집어가 버린 그 사람이 보고 싶어서 심장이 아프고 외로운 것이다.

그리움이란 그런 것이다. 문득 밀려오는 것. 멀쩡하다가도 견딜 수 없는 것. 아무렇지 않다가도 울컥하는 것. 남겨진 추억이 아름다울수록 고통스러운 것.

그 사람의 존재가 사무친다. 시간이 지날수록 대부분이 흐려지는데 도리어 그 사람만은 더 선명해진다.

그리움은 잠재울 수 없고,
그리움에 잠 못 이룬다.

사람 마음처럼
믿기 힘든 것도 없다

≋

사람 마음처럼 믿기 힘든 것도 없다. 내 마음도 하루에 몇 번씩 변하는데 남의 마음은 오죽할까. 내 마음을 내가 알지 못해서 상대의 마음에 응답하지 못할 때가 있다.

상대의 마음을 알지 못해서 내 마음을 정하지 못할 때도 있다. 서로 마음이 통해서 닫혀있던 마음의 문을 열었더니, 상대만 마음이 변하여 상처를 입기도 한다.

자기 자신을 포함해서 사람의 마음을 마음 놓고 믿기 어려운 이유다. 어디 그뿐인가. 가깝고 정다운 사이도 사소한 실수로 망가진다.

작은 오해로 실망하기도 하고, 말 한마디 잘못해서 어긋나기도 한다. 그만큼 관계는 어렵고 조심스러움이 요구된다. 섬세하면서도 이해의 폭이 넓어야 한다.

마음이 여유롭지 못할수록 변덕이 죽 끓듯 하고, 소중한 사람도 믿지 못한다. 마음의 여유를 찾아야 스스로 불행해지는 결과를 막을 수 있다.

지금 마음가짐보다 더 넓고 크게 마음을 품을 줄 아는 지혜가 필요하다. 생각을 바꾸는 것부터 차근차근 시작하자. 우선 나부터 내 마음을 믿을 수 있게 말이다.

노력이
불필요한 관계

≋

노력이 불필요한 관계는 놓으면 된다. 관계는 노력할수록 가까워지는 관계와 노력해도 가까워지지 않는 관계가 있다. 노력하면 가까워지는 관계는 상대도 가까워지고 싶은 마음이 있거나, 잘 맞는 상대일 경우다.

서로 원하는 것이 있으면 가까워질 수밖에 없다. 그것이 인맥이든, 물질이든, 사랑이든 말이다. 잘 맞는 사람과는 서로 원하는 것도 없는데 기막힌 우연이 반복되어 만나거나, 말과 생각이 무척 잘 통해서 급속도로 가까워지기도 한다.

노력해도 가까워지지 않는 관계는 상대가 애초에 가까워질 마음이 없거나, 서로 맞지 않는 경우다. 말이 통하지 않고 답답하다면 맞지 않는 사람이다.

몇 번만 노력해봐도 응할 마음이 없는 상대는 티가 난다. 더는 노력할 가치가 없는 관계다. 상대의 노력에 응하기 위해서 마음을 움직이는 건 한계가 있다. 따라서 모든 관계를 노력할 필요는 없다.

　　더 해 봤자 시간 낭비와 감정 노동인 셈이다. 몇 번 노력해보고 아니다 싶은 사람은 미련 없이 상쾌하게 놓으면 된다. 관계의 산뜻함이 나란 사람을 산뜻하게 만든다.

힘들지? 아니, 괜찮아.
괜찮아? 응, 괜찮아. 너가 있어서.
평생동안 함께 하고 싶은 네가
내 곁에 있어서 정말 괜찮아.

불공평한
이별

≋

만날 땐 서로 뜨거워야 만나지만, 헤어질 땐 한쪽만 식어도 헤어진다. 이별, 참 불공평하다. 함께 좋아했는데 한 명만 아파한다는 것이. 서로 사랑했는데 한쪽만 그리워한다는 것이. 둘이 사귀었는데 혼자만 기다린다는 것이.

서로 식거나 둘 다 아파하는 이별도 있지만, 그렇지 않은 경우가 많다. 일방적인 이별을 당한 경우, 오지도 않을 연락을 며칠 동안 기다리기도 한다.

심한 경우 수개월, 수년을 기다리는 사람도 있다. 상대는 진작 다른 사람을 만나서 새롭게 연애하고 잘살고 있는데 남겨진 사람은 여전히 잊지 못하고 그리워한다.

상대방의 바뀌지도 않는 메신저 프로필 사진을 하루에도 몇 번씩 확인하고, 상태 메시지나 BGM을 확인해보기도 하고, SNS를 염탐하기도 한다.

그러다 연애 소식을 알게 되면 또 상처받는다. 상대의 빈자리는 자꾸만 크게 느껴져서 공허함을 채울 길이 없다. 머리로는 더이상 관심을 가져선 안 된다는 걸 알지만, 손과 마음은 아직이다.

마음이 마음대로 되지 않는 점이 가장 힘들다. 아니, 실은 상대가 내 마음과 같지 않아서 힘든 거다.

손절이 시급한
인간 유형 5가지

≋

1. 정을 이용하는 사람

정에 약해서 사정을 봐주고 부탁을 들어줬더니, 감사나 보답은 없고, 도리어 호구로 알고 이용해 먹는 못된 인간이 있다. 가만두면 기생충처럼 삶을 갉아 먹는다.

2. 자꾸 지시하는 사람

지시와 참견이 몸에 배서 말만 하면 이래라저래라. 본인도 그리 살지 못하면서 남에겐 그리 살라고 강요하는 태도가 역하다.

3. 비약이 심한 사람

무슨 말이든 툭하면 비약한다. 그런 의도로 말한 게 아닌데도 자기 멋대로 해석하고 마치 그걸 사실처럼 믿고 결론을 낸다.

하지도 않은 말을 지어내는 수준이다. 심지어 편을 얻기 위해 주변부터 SNS에까지 자신의 말이 맞지 않냐고 확인하듯 떠벌리고 다닌다.

4. 험담이 습관인 사람

가끔 다른 사람에 관한 말과 욕을 할 수도 있다. 다만 험담을 습관처럼 하는 사람은 멀리해야 한다. 그 사람은 내 앞에선 남을 험담하지만, 남 앞에선 내 험담을 하니까.

5. 기분에 따라 태도가 바뀌는 사람

태도로 기분을 표현할 때도 있다. 인간적인 면이고 누구나 그럴 테니까. 그러나 기분이 바뀔 때마다 매번 태도를 바꾸는 사람은 곁에 둬선 안 된다. 기분에 따라 믿음도 저버릴 사람이니.

읽다가 생각난 그 사람,
손절하기 참 좋은 날씨다.

사랑을 못 믿지만
속는 이유

≋

진심이야.
- 행동 없이 말뿐인 가짜 진심이었다.

힘들지 않게 할게.
- 너 때문에 더 힘들어졌다.

영원하자.
- 영원하자더니 한 때였다.

나는 달라.
- 다르다더니 똑같더라.

믿어줘.
- 믿었더니 배신했다.

지켜 줄게.
- 지켜 준다더니 떠났다.

행복하게 해줄게.
- 더 외롭고 불행해졌다.

앞으로 잘할게.
- 앞으로도 뒤로도 말만 잘했지.

항상 곁에 있을게.
- 시간이 갈수록 곁에 없을 때가 더 많았다.

　처음부터 거짓이었던 것도 있었고, 처음엔 지키다가 갈수록 변하는 것도 있었다. 결과론적 얘기지만, 모든 게 거짓이었다. 이러니 사랑을 믿기란 몹시 어렵다. 사람만 달라지고 매번 똑같은 말을 하니까. 진정한 사랑은 일생에 한 번 만날 수 있을까 말까라는 말도 있다. 그럼에도 믿고 싶다. 다음에 만날 사랑이 진짜이길. 그래서 매번 같은 말에 또 속는다.

무례한 인간
4가지 유형

≋

1. 솔직함을 가장한 무례함

'솔직히', '솔직하게'를 입에 달고 사는 사람을 보면 상대의 상태가 어떻든 일단 자기 하고 싶은 말부터 다 해야 한다. 자기가 솔직해지고 싶다고 상대에게 상처를 주고 난도질하는 파렴치한 짓을 서슴지 않는다.

2. 친근함으로 포장한 무례함

친근한 척 웃기지 않는 농담을 던진다. 그나마 웃기지 않는 농담만 하면 다행이다. 사이사이 굉장히 무례하고 뻔뻔한 언행이 끼어있다. 본인은 친한 척하며 뱉는 말인데 듣는 당사자는 몹시 불쾌하다. 이를 농담으로 아는 본인만의 착각이 중증이다.

3. 걱정하는 척 무례한 사람

걱정한답시고 이래라저래라 지시한다. 어떤 상황이든 감 놔라 배 놔라 훈수질은 무례한 것이다. 심지어 지시하는 본인이 더 모자라고 부족한 사람인데 그 사실을 본인만 모르고 떠드는 꼴이 같잖다. 이와 비슷하게 충고하는 척 무례한 사람도 있다.

4. 가식과 예의를 구분 못 하는 사람

가식을 무조건 나쁘게 여기는 사고방식. 가식은 나쁜 게 아니다. 가증스럽게 상대를 기만하는 가식이 나쁜 것이지. 평소 일반적인 가식은 필수 예절이고 지켜야 할 예의다.

이들의 공통점은 본인이 무례하다는 사실을 모른다는 점이다. 그렇기에 주위 사람만 갈수록 더 고통받는다.

사람을
불편하게 하는 건

≋

1. 참견, 오지랖

상대가 원하는 걸 보는 건 관심이고, 상대가 원하지 않
는데 보는 건 오지랖이다. 거기다 불편하게 끼어드는 짓
은 참견이다. 관심으로 착각하지 말길. 구분할 줄 모르겠
으면 그냥 입을 닫길.

2. 평가, 비교질

입만 벌리면 평가가 습관이다. 비교도 서슴지 않는다.
어디서 평가질과 비교질인지 모르겠다. 본인이나 남과 평
생 비교하며 살았으면 한다. 그 짓에 남까지 끌어들이지
말고.

3. 반말, 욕설

다짜고짜 말을 놓는다. 심지어 욕도 섞는 경우도 있다. 그게 가식 없고 털털한 행위라고 믿으며, 친근함이라고 착각한다. 사회에서 만난 사람은 당신의 친구가 아니다. 그건 털털하고 친근한 게 아니라, 무례하고 무식한 것이다.

4. 충고, 훈수질

상대가 조언을 구할 때, 상담을 요청할 때, 도움이 필요할 때만 조언과 충고를 하면 된다. 그 외 모든 상황에선 상대를 위한답시고 하는 말은 불쾌한 지적이고 훈수질에 불과하다. 시도 때도 없이 가르치는 훈수질은 상대를 위하는 것이 결코 아니다.

이런 사람의 특징은 상대가 원하는 건지, 내가 원하는 건지 구별을 못 한다는 점이다. 내 생각에 원할 것 같다고 상대가 원하는 것은 아니다. 내가 좋다고 상대도 좋은 것이 아니다. 이런 점을 혼동하는 어리석음은 그만 멈추길.

가까이할
좋은 사람이란

≈

내가 더 나은 사람이 되고 싶게 만드는 사람이다. 지금의 나보다 더 괜찮은 내가 되고 싶어진다. 상대에게 더 잘해주고 싶고 더 자랑스러운 내가 되고 싶다. 자연스레 그런 노력을 하게 된다.

말을 예쁘게 하는 사람이다. 말 한마디, 단어 하나를 섬세하게 고르는 건 그만큼 나를 생각하고 배려한다는 의미다. 그 말을 커튼처럼 걷어보면 가려졌던 예쁜 마음이 드러난다.

닮고 싶은 점이 많은 사람이다. 배울 점이 많다. 스스로 인생을 책임지고 어른스럽게 해결하는 모습이 존경심을 품게 만든다. 닮고 싶고 저렇게 살고 싶다는 생각이 절로 든다.

보답할 줄 아는 사람이다. 세상엔 받을 줄만 아는 사람이 대다수다. 또 감사할 줄 아는 사람은 제법 많아도 일일이 보답까지 하는 사람은 무척 드물다. '언젠가 보답해야지'라고 생각만 가지고 미루는 사람이 대다수고 실제로 실천하는 사람은 극소수이기에.

이런 사람이 곁에 한 사람만 있어도 큰 축복이다. 끼리끼리라는 말처럼 좋은 사람이 곁에 있으면 함께 좋은 사람이 된다.

믿을 수 있는
사람은

≋

시간 약속을 잘 지킨다.

약속의 기본은 시간이다. 대부분의 약속이 '언제'를 포함하기 때문에. 기본을 지킬 줄 아는 사람이 믿음도 지킬 줄 안다. 반대로 기본도 지키지 않는 사람이 믿음을 지킬 것이라고는 기대할 수 없는 노릇이다.

말보다 행동한다.

말은 쉽고 행동은 어렵다. 그래서 사기꾼, 허풍꾼처럼 가짜는 많아도 진짜는 드물다. 둘은 손쉽게 구분할 수 있다. 가짜들의 공통점은 행동하기 전에 말로 떠든다는 점이고, 진짜들의 공통점은 행동해서 증명한 후에 말한다는 점이다. 진짜는 그것을 말할 시간에 이미 그것을 실천하고 있다.

가벼운 약속도 무겁게 여긴다.

믿음은 작은 약속부터 출발한다. 대뜸 '난 좋은 사람이니 상대가 믿을 거야.' 같은 태도는 어리석다. 상대방에겐 웬 뜬금없는 소리에 지나지 않는다. 하루아침에 갑자기 신뢰가 생기는 것이 아니라, 평소에 가벼운 약속도 가벼이 여기지 않고 잘 지키는 모습을 보면서 신뢰가 싹 트고 서서히 믿음이 생기는 것이다.

본인이 신뢰받고 있지 못하다면 평소에 위 행동들을 지키지 않아서다. 특히 위와 같은 상황마다 핑계와 변명만 늘어놓으면 더욱 빠르게 믿음을 잃는다.

불쾌한 인간
대처 방법

≋

하나, 차단하고 피한다.

무서워서가 아니라, 더러워서 피한다. 싫은 사람과는
무얼 해도 소진처럼 느껴지기 때문에 마주치지 않는 것
이 가장 좋다. 따라서 애초에 마주칠 일을 만들지 않는다.
모든 연락 루트는 차단하고 신경을 끈다.

둘, 단답한다.

별수 없이 봐야만 하는 상대라면 인사도 받지 않는다.
인사를 해야만 하는 상대라면 인사 외에는 말을 섞지 않
는다. 말을 해야만 하는 상대라면 단답한다. 나는 당신과
엮이기 싫다는 것을 확실히 보여 줄 필요가 있다. 그래야
만 상대도 더는 다가오지 않는다.

셋, 공개적으로 경고한다.

나에게 들이대거나 해를 끼치면 단호하게 대처해야 한다. 사람들이 최대한 많은 곳에서 큰소리로 적나라하게 내용을 말하고 그러지 말라고 경고한다. 만만하지 않다는 것을 공개적으로 보여 주면 두 번 다시는 접근하지 못한다. 이런 인간은 여러 사람의 시선에 매우 약하다.

넷, 신고한다.

범죄 수준인 사람은 무조건 신고가 정답이다. 온갖 괴롭힘을 펼치던 인간말종도 국가 권력인 경찰청에 불려가면 쥐 죽은 듯 조용하다. 보복을 두려워하는 경우가 있는데 실제로는 보복 따위 꿈도 못 꾼다. 오히려 반대다. 가만히 두면 더 악화된다. 신고하지 않으면 계속 그래도 되는 줄 알고 기고만장해서 더더욱 심각한 범죄로 발전한다.

잊지 말아야 할 사람과
잊어야 할 사람

≋

절대 잊지 말아야 할 사람은 힘들 때 곁에 있어 준 사람이고, 누구보다 빠르게 잊어야 할 사람은 힘들 때 떠난 사람이다. 끝까지 곁에 있어 준 사람에게 반드시 보답하고 갚아야 한다.

힘들 때 떠난 사람은 최대한 빨리 잊고, 보란 듯이 성공해서 이름도 잘 기억을 못 하는 것이 최고의 복수다. 성공하니까 그제야 아는 척하면 "누구더라..." 한 마디면 충분하다.

내가 가장 초라하고 별 볼 일 없을 때, 잘해 준 사람이 평생 가는 사람이다. 밑바닥인데도 곁을 지키는 사람이 있다는 건 언어로 표현할 수 없는 복이다.

사람 일은 어찌 될지 모른다. 실제로 잘 나가다가도 갑자기 망하고, 완전히 망했다가도 다시 크게 성공하는 사례는 무수히 많다. 그 과정에서 잊어선 안 될 사람과 잊어야 할 사람이 선명하게 드러난다. 평생 보물처럼 여길 사람이 누구인지 이때 알게 된다.

배울 점이
많은 사람은

≈

1. 꾸준한 사람

공부든 운동이든 일이든 시작은 쉬워도 꾸준히 유지하는 건 무척 어렵다. 꾸준하지 않으면 다이어트를 해도 요요가 오고, 공부도 겉핥기에 그친다. 매일 무언가를 하는 자세는 가장 먼저 배울만한 가치가 있다. 삶이 근본적으로 변화하는 태도이기 때문에.

2. 나누는 것이 얻는 것임을 아는 사람

사회생활을 해 보면 나누는 사람은 시간이 갈수록 더욱더 잘되는 반면에, 인색하고 옹졸한 사람일수록 도태되고 금세 사라지는 걸 심심찮게 볼 수 있다. 나누는 것이 곧 얻는 것이 되는 세상의 이치를 일찍이 아는 자와 모르는 자의 차이다.

3. 말과 행동이 일치하는 사람

살면서 흔히 지켜지지 않는 것이 언행일치다. 말한 대로 행동하고 지키는 사람은 생각보다 적다. 이들을 보면 어떻게 말을 조심하는지, 뱉은 말은 어떻게 지키는지 배울 수 있다. 신뢰받는 사람이 되는 방법이므로 유익하다.

배울 점이 많은 사람에게 이러한 장점을 하나씩만 배워서 삶에 녹여도 사람의 근본이 바뀐다.

무례해도
참고 넘기는 이유

≋

똑같은 인간이 되기 싫기에 무례한 일을 당해도 웬만해선 참고 넘어간다. 앙갚음해 봐야 같은 수준의 인간밖에 더 되겠나 싶어서 피한다. 똥은 피하지만, 무서워서가 아니라 더러워서 피하듯. 수준 이하의 인간으로 함께 전락하기 싫다.

싸우기도 싫다. 안 그래도 신경 쓸 일이 많은데 무례한 인간까지 신경 쓰고 싶지 않다. 싸움으로 번질 것이 뻔한데 그렇게까지 감정과 소중한 시간을 낭비하고 싶지 않다. 오히려 그게 더 손해니까.

주위의 평판이 나빠지는 것도 의식해야 한다. 수준 이하의 인간과 엮이면 엮일수록 평판이 나빠지는 것은 결국 나라는 사실을 안다. 어떻게 봐도 나만 손해인 구조기에 참고 만다.

당장 눈앞밖에 보지 못하는 무례한 인간과 달리, 당신은 두 수 앞을 내다볼 만큼 지혜롭다. 그렇기에 엮이지 않으려 노력하고 피하려고 하는 것이다.

무례한 사람은 어디를 가나 무례하게 굴기 때문에 훗날 반드시 지독한 상대를 만나서 그동안 한 짓을 갑절로 돌려받는다.

"누가 너를 모욕하더라도 앙갚음하려 들지 말라. 강가에 가만 앉아 있노라면 머지않아서 그의 시체가 떠내려가는 꼴을 보게 되리라." - 노자

좋아하는 사람과
적당한 거리를 둬야 한다

≋

가까우면 무례하기 쉽다. 편하면 편할수록 말을 쉽게 뱉게 된다. 쉬운 말은 배려가 부족한 법이다. 쉽게 무례하고 쉽게 상처 준다.

게다가 중간 과정을 생략하는 일이 많아진다. 상대가 알아서 알아줄 것이라며 개의치 않는 식이다. 사람은 적당한 거리가 있어야 도리어 예의를 지키고 상대를 존중한다.

의존이 심해지는 경향도 생긴다. 가까운 관계일수록 상대에게 의존한다. 자신의 기준대로 살지 못하고 상대의 반응에 따라 하루가 달라진다.

의존이 심하다는 것은 그만큼 휘둘리기 쉽다는 말과 같다. 사람은 다른 사람에게 생각보다 영향을 많이 받으므로 적당히 거리를 두지 않으면 온전한 나로 있을 수 없게 된다.

미워할 일도 많아지게 된다. 무례한 일이 많을수록, 의존이 심해질수록 결국은 상대를 미워하게 된다. 상처를 주니 밉고, 상대가 내 마음과 같지 않으니 밉다. 관계를 망가뜨리는 것이 이러한 미움이다. 자주 미워할수록 나도, 상대도 함께 불행해진다.

모든 관계는 조금 떨어져 있을 때 더 아름답다. 아무리 가까워지고 싶어도 자제할 줄 알아야 한다. 그래야 자신을 지키고 상대방도 지킨다. 오래도록 유지할 수 있는 관계는 적당히 거리를 두는 관계다.

상처가
많은 사람은

≋

첫째, 시도 때도 없이 불안하다.

시도 때도 없이 마음이 불안해진다. 예민해져서 별거 아닌 일에도 가슴이 덜컥 내려앉는 느낌을 받는다. 내색하지 않지만, 심장 부위에 계속 통증을 느낀다. 안 좋은 생각을 하지 않으려 애쓰지만, 어느새 하고 있다. 상처는 불안감이 끝없이 솟는 구멍이라 그렇다.

둘째, 과거와 겹쳐 본다.

현재 상황을 과거의 비슷한 상황과 겹쳐 보는 습관이 생긴다. 안 좋았던 기억이 반사적으로 튀어나와 그때와 상관없는 지금을 마치 그때처럼 보기도 하고, 안 좋았던 과거의 사람을 아무런 상관도 없는 지금의 사람에게 투영하기도 한다.

셋째, 이중적 태도를 보인다.

사랑을 원하면서 동시에 극도로 사랑을 경계하는 이중적인 모습으로 행동한다. 과하게 애정을 갈망하다가도, 조금만 아니다 싶으면 지나치게 차갑게 군다. 극단적이어서 적당함을 지키는 것이 매우 어려운 상태다.

이성적인 판단 좀 그만둬줄래.
지금 필요한 건 공감이거든.
이미 밖에서 실컷 논리적이고
이성적인 뭇매를 맞고 왔어.
굳이 너까지 얹지 않아도 돼.
모르겠니. 내게 필요한 건
심판이 아니라, 내 편임을.

진국인 내 사람
구별하는 8가지 방법

≋

1. 시간이 날 때만 나를 만나는지,
시간을 내서라도 나를 만나는지.

2. 관계에 책임감을 갖는지,
자기 편한 대로만 하는지.

3. 안 맞는 점도 인정하는지,
나를 억지로 맞추려고 하는지.

4. 함께하는 미래를 그리는지,
과거의 좋았던 시절에만 빠져서 사는지.

5. 긍정적인 얘기로 힘을 주는지,
자꾸 부정적인 얘기로 힘을 빼는지.

6. 만나고 난 후에 마음이 편한지,
아니면 가슴 속 어딘가가 불편한지.

7. 당장 곁에 없어도 든든한지,
곁에 있는데도 불안한지.

8. 힘들 때 곁에 남는지,
힘든데도 외면하는지.

내 사람은 무조건 나한테 맞추고 희생하는 사람이 아니라, 급할 때만이라도 모든 걸 제쳐두고 달려오는 사람이다. 자주는 아니어도 나에 대한 존중과 배려를 절대 잊지 않는 그런 사람.

모두에게
친절할 필요 없다

≋

    모든 사람과 잘 지낼 필요 없다. 모든 이에게 좋은 사람일 필요 없고, 모두에게 잘할 필요도 없다. 애초에 한 개인이 모두를 만족시키는 건 불가능하다. 모두에게 사랑받는 건 신도 못 한 일이다. 신조차 누구는 원망하고 혐오하기까지 하는데 고작 인간이 신을 뛰어넘을 수 있을까.

    애써 설득하지 않아도 된다. 주위에 일일이 설명하지 않아도 나를 믿어 줄 사람이라면 설명 없이 이미 믿고 있다. 아닌 사람은 아무리 설명해도 믿지 않는다. 믿지 않는 사람은 무슨 말을 해도 핑계로 듣는다. 구체적인 사정과 이유를 설명해도 그 와중에 싫은 것을 찾아내서 더욱 믿지 않을 구실로 삼는다.

뒷말이 나올까 걱정해서 한 사람 한 사람에게 신경 쓰며 잘해줘도 질투하고, 심사가 뒤틀리고, 심보가 고약한 사람은 어디를 가나 있기 마련이라서 어떻게든 뒷말은 생긴다. 좋아하는 것과 싫어하는 것에 완벽한 이유는 없다. 개인의 주관이기 때문이다. 특별한 이유 없이 날 좋아하는 사람이 있으면, 딱히 이유 없이 싫어하는 사람도 존재하는 게 자연스러운 현상이다.

안타까울 것도, 상처 입을 것도 없다. 주관 덩어리인 사람끼리 만드는 게 인간관계인데 어찌 매번 완벽하고 합리적일 수 있겠나. 도리어 그게 더 이상하지 않을까. 기계 사회와 같을 테니 말이다. 불합리하고 멋대로 생긴 게 인간관계의 본모습인데 나만 어리석게 인정하지 못하고 있는 것일 수도 있다. 당신은 노력해온 지금 그대로도 충분히 좋은 사람이다.

평생 동안 곁에 남을
진짜 친구는

≋

하나, 그냥 연락한다.

아무런 용건이 없이 통화해도 어색함이 없다. 필요할 때만 찾는 사람과는 근본적으로 다르다.

둘, 전화 한 통에 기분이 풀린다.

어이없고 짜증나는 일도 친구와 통화 한 번이면 짜증, 불안, 화가 가라앉고 답답했던 속이 한결 나아진다.

셋, 시시한 일상을 공유한다.

이런 사소한 것까지 얘기하나 싶을 정도로 시시한 일을 함께 공유하는 것이 즐겁다.

넷, 쓸데없는 얘기로 웃는다.

다른 사람이 보기엔 웃기지도 않고 이해할 수 없는 얘기도 둘만의 코드가 잘 맞아서 빵빵 터지며 웃게 된다.

다섯, 나를 위해 준다.

모든 행동에 날 위하는 마음이 묻어있다. 쓴소리도 내 생각해서 따끔하게 하고, 힘들 때는 그저 들어주고, 슬프고 우울할 땐 곁에서 어떻게든 위로해 준다.

인간관계는 대부분 필요와 이해로 얽혀 있다. 계산적인 관계들 사이에서 아이처럼 목적 없이 순수한 관계인 친구가 있다면 삶의 보물 같은 사람이다. 그 친구와의 우정을 평생 지킨다면 그것만으로 제법 근사한 인생이 된다.

인간미 넘치고
어른스러운 사람 특징

≈

1. 예의가 바르다.

평소 누구를 대해도 하대하는 모습이나, 깔보는 태도가 없다. 상대방이 어려 보여도 결코 함부로 반말하지 않는다.

2. 스스로 해결한다.

자기 일은 자기 힘으로 정리하려고 최선을 다한다. 돈, 일, 집안 문제 등 큰일부터 설거지, 청소, 빨래 등 작은 일까지 자신과 관련된 일을 책임진다.

3. 입이 무겁다.

자신도 부족한 사람이란 걸 알기 때문에 타인에 관한 말을 함부로 하지 않는다. 다른 사람에 대한 품평이나 험담은 자기 얼굴에 침 뱉는 짓이란 것을 알고 있다.

4. 먼저 표현할 줄 안다.

쓸데없는 자존심을 부리지 않고 먼저 다가간다. 제안이나 사과도 먼저 하고, 사람을 챙기는 것도 먼저 한다.

5. 연연하지 않는다.

이성에게 매달리지 않고, 친구에게 구걸하지 않는다. 인연은 마음대로 되는 것이 아니라는 사실을 안다.

6. 감정 기복이 덜하다.

화나거나 우울할 때도 그 기복이 크지 않아서 감정을 일정하게 유지한다. 비결은 집착을 버린 태도와 담담한 마음가짐이다.

이런 사람이 유독 어른스럽다는 말을 많이 듣는다. 이처럼 중심을 잡고 내면이 차오른 사람은 그만큼 믿음직스럽고 귀하기 때문에 주변에서 믿고 의지한다.

직장 상사와 동료한테
받는 스트레스를 피하는 방법

≈

직장에서 사사건건 간섭하고 자기 기분에 따라 막 대하는 사람 때문에 하루에도 몇 번씩 관두고 싶다. 원흉이 주변에 있으니 매일 스트레스를 받는다.

사람은 변하지 않는다. 변하지 않기에 누구나 싫어할 짓을 하는 인간은 언젠가 반드시 자멸한다. 해선 안 될 일을 하거나 독한 사원에게 뭐 하나 잘못 걸려서 결국 망한다.

다만 그건 훗날 일이니, 지금은 내가 나를 지켜야 한다. 먼저 생각부터 바꿔야 한다. 상대가 변할 것이란 기대를 모두 버리고 나의 속마음을 바꾸는 거다.

원래 밖에서는 보지도 않을 사람이란 점을 인식하자. 상대를 구체적으로 이미지화한다. '지나가는 욕쟁이 행인' 정도가 딱 좋겠다. 상대가 무슨 말을 할 때마다 속으로 '뭐 어쩌라고'를 반복한다.

　상대를 직장 상사나 동료가 아니라, 행인처럼 대하는 속마음의 변화는 실질적으로 효과가 있고 확실히 도움이 된다. 가만 보면 별 중요한 인간도 아니다. 별 같잖은 인간이 귀한 내 삶에 활개치고 다니도록 내버려 둘 이유가 없다.

외로움을 자주 느끼는 사람 5가지 특징

≋

1. 습관적으로 폰을 본다.

온종일 손에서 폰을 놓지 못한다. 폰을 보지 않으면 금세 불안하다. 일종의 금단 현상을 보인다.

2. 툭하면 눈물이 난다.

조금만 슬프거나 감동적인 영상, 글, 사연을 보면 눈물부터 팽 돈다. 별거 아닌 일에도 자주 울컥한다.

3. 추위를 많이 탄다.

정확히는 몸이 서늘한 감각을 싫어한다. 혼자 있을 땐 이불 속을 좋아하고, 함께 있을 땐 스킨십을 좋아한다. 무의식적으로 자꾸만 온기를 느끼고 싶어 한다.

4. 사람들 앞에선 밝은데 혼자 있으면 급격히 침울하다.

마치 다른 사람처럼 산다. 그래서 주변에선 전혀 모른다. 밝게 웃고 최대한 멀쩡한 척하니까 아무런 문제도 없는 줄 안다.

5. 이별부터 생각한다.

사람들과 만나고 있을 때도 이별의 시간이 다가올수록 혼자 남겨질 생각에 우울하다. 연애를 시작할 때조차 이별부터 걱정해서 겁을 먹는다.

외로움을 아는 사람은 타인의 외로움에 깊숙이 공감한다. 남 일 같지 않기에 더 신경 쓰고 잘 챙긴다. 정작 자신의 외로움은 돌보지 않은 채.

고독한 자신을 혼자 마주하고 감당할 자신이 없는 거다. 남을 챙기듯 나부터 돌봐야 한다. 자기 자신을 돌볼 때 비로소 외로움도 찬찬히 잦아든다.

죽을 때
생각날 순간

"엄마, 지금 이 모습이 내가 죽을 때 생각날 거 같아."

"그래?"

부엌 한쪽에 서서 저녁 요리를 하느라 바쁜 숙이. 숙이는 아들의 그 말을 듣고 슬쩍 고개를 돌려 미소지었다. 그러고는 다시 손에 쥐고 있는 요리에 열중했다.

"통. 통. 통."

도마 위에서 두부를 써는 소리가 울렸다. 보글보글 끓어오르는 김치찌개 냄새가 피어올랐다. 고소하고 얼큰한 향이 배에서 꼬르륵 소리가 날 만큼 식욕을 자극했다.

하얀 식탁에 앉아 저녁 식사를 기다리던 슬은 숙의 등을 비스듬히 바라보고 있었다. 분명히 어릴 때부터 자주 봐온 흔한 일상이다. 그런데 오늘은 유달리 아득한 기분이 들었다. 어째서인지 두 번 다시 못 볼 장면인 것 같았다.

지금은 아니어도 언젠가 그럴 것만 같았다. 아니 틀림없이 그럴 것이었다. 영원한 건 없으니까. 갑자기 서러웠다. 아무리 영원한 건 없다지만, 엄마를 볼 시간마저 한정되어 있다는 사실이 말이다.

나를 낳아주고, 먹이고, 입히고, 길러주고, 지켜준 사람을 떠나보내야 한다. 언젠가 이 사실을 받아들여야만 한다. 이는 선택할 수 없이 강제된 일이다.

슬은 자유 의지를 사랑했다. 타고난 성격이 외적인 제약과 구속을 싫어했다. 따라서 자연스레 강요받는 것 역시 몹시 싫어했다.

어릴 때부터 반발심이 강하여 누가 억지로 시키는 것을 못 견디어 했다. 누군가가 억압하면 반드시 반항했다. 그만큼 강요를 싫어한다.

한데 생물이 늙어가고 병들고 죽는 것은 강요마저 넘어선 강제다. 죽음은 반항조차 할 수 없게 강제적으로 정해져 있다.

인간은 늙어갈수록 신체의 어딘가가 노후화하여 제 기능을 하지 못하기에 고장이 날 수밖에 없다. 현대에선 이를 병이라고 부른다.

숙은 이미 무릎이 파열되어 대수술을 거쳤고 제대로 뛰지 못했다. 손가락은 류머티즘 관절염 때문에 설거지를 못 할 만큼 고통스러웠다. 척추 협착으로 인한 허리 통증 때문에 새벽에 자다가도 몇 번씩 깨는 숙이었다.

슬은 병원비를 해결하고, 식기세척기와 안마 의자를 제일 비싸고 좋은 것으로 사줬지만,

여전히 마음이 편치 않았다. 그래서일까. 슬은 벌써부터 그리움이 앞섰다.

그리움은 잃고 나서야 느끼는 감정이 아니었던가. 아직 잃은 적도 없는데 벌써 아득한 느낌과 그리움이 밀려들었다. 이런 자기 감정을 자신도 이해할 수 없었다.

다만 지금 할 수 있는 일을 해야겠다는 생각이 들었다. 앉아있던 식탁 의자에서 일어나 한창 요리 중인 숙의 등 뒤로 가 포근히 감싸 안았다.

먼 훗날 언젠가 슬이 죽을 때,
떠오를 장면임이 틀림없었다.

3부

|

🍁

삶을 대하는
알맞은 온도

나 하나도 버거운데
주변을 짊어진다

🍁

살다 보면 나 하나 숨쉬기도 버거운데 주변을 짊어져야 할 때가 있다. 가난한 상황에 돈을 벌 수단도 마땅치 않은데 가족이 아픈 경우. 내 몸과 정신이 심각하게 아픈 상태인데 곁의 소중한 사람이 더욱더 심각하게 아픈 경우.

상황이 이러하니 생각할 여유도 없다. 소중한 사람부터 챙겨야 하기 때문에 신경이 매우 팽팽하게 당겨져 있다. 이미 끊어지기 직전일 만큼 당겨진 고무줄 위에 무거운 짐과 돌덩이를 추가로 얹은 모양새다.

그런데도 악착같이 어금니를 깨물고 버틴다. 소중한 사람을 잃는 것보다는 낫기에. 그 사실을 너무도 잘 알아서 차라리 나를 희생하는 게 낫다고 여긴다.

이처럼 기특하고 가여운 마음이 또 있을까. 기적은 바다를 가르고 하늘을 나는 것이 아니다. 기꺼이 희생하는 당신의 마음이 기적이다.

가슴에 간직하길. 그대가 바로 그 손으로 기적을 행하는 사람임을. 누구보다도 아름다운 사람임을. 당신의 희생으로 지켜낸 모든 순간이 가치 있다. 기적처럼 아름다운 가치를 당신은 당신의 손으로 만들어냈다.

앞이 막막해. 한발 한발 딛기가 너무 무서워.
괜찮아, 내가 먼저 갈게. 따라오렴.

위험한 곳인 건 똑같은데.
두려운 것도 똑같은데.
먼저 디디며 앞장서서 갔다.
부모라는 이유 하나로.

원인 모를 답답함

🍁

원인 모를 답답함이 있다. 무척 힘든데 나도 내 속을 알 수 없어서 뭐가 힘든지 정확히 꼭 집어서 말하지 못하는 답답함. 뭐 때문에 힘든지 이유를 답하지 못하면서도 힘든 탓에 머리가 무겁고 몸이 처진다.

밤마다 잠을 잘 못 이루고, 잠들더라도 깊게 잠들지 못한다. 거기다가 우울감에도 쉽게 휩싸인다. 보통 대수롭지 않게 흘려듣는 말에도 지나가지 못하고 사로잡힌다. 온종일 그 말을 곱씹으며, 다른 사람들은 쉬이 빠져나올 만큼 얕은 우울에도 마치 깊은 바다에 빠진 사람처럼 허우적거린다.

감정을 조금만 건드리는 일이 있으면 눈물부터 나온다. 툭 치면 솟는 샘처럼. 감성이 몹시 예민하고 신경이 곤두서 있다. 자신의 나약한 정신이 마음에 들지 않는다. 사람이라서 그렇다. 사람이니 그럴 때가 있는 거다.

사람은 저마다 감정의 깊이가 다르다. 그리고 호르몬의 변화, 환경의 변화, 시기에 따라서 위아래를 큰 폭으로 등락하는 그래프처럼 기복이 존재한다. 그러니 생각보다 자주 그럴 수 있고, 또 그 낙차가 의외로 더 클 수 있다.

이와 같은 기복을 이해해야 한다. 여태껏 감정 기복을 감당하며 살아온 것만 해도 잘해온 거다. 오늘 하루를 또 살아낸 사실만으로 충분히 잘한 것이다. 당신은 잘하고 있다.

내 잘못이 아니라,
상대의 잘못이다

🍁

　나의 잘못으로 인해 나를 싫어하는 건 이해할 수 있다. 내가 잘못한 건데 어쩌겠나. 문제는 잘못도 없는데 아무런 이유 없이 싫어하는 사람이 있다는 사실이다.

　왜 그러는지 살펴보면, 그저 보기에 아니꼽다는 이유로, 괜히 기분 나쁘다는 이유로, 본인의 피해망상과 확대 해석으로 납득되지 않는 이유로 싫어한다.

　마치 특정 공인이 본인에게 아무런 피해를 주지 않았음에도 찾아가서 기어코 악성 댓글을 남기고 혐오와 분노를 표출하는 악플러처럼.

그와 같은 짓거리를 하는 인간이 현실에도 있다. 이유가 없으니 앞에서 대놓고는 못 하고 주로 뒷담화라는 형태로 말이다. 살면서 가장 이해할 수 없는 부류 중 하나다.

이런 인간이 하나라도 주위에 있으면 매우 신경 쓰이고 괴롭다. 더욱이 이런 인간이 여럿이면 내가 문제인 건가 싶어서 자책하고 자신을 고치려 한다. 하지만 나의 문제가 아니다.

잘못도 없는데 싫어하는 행위는 오로지 그 사람의 문제다. 그 사람의 시선이 뒤틀려 있는 것이고, 속이 꼬여있는 것이고, 인성이 못난 것이고, 도덕을 못 배운 것이고, 양심이 없는 것이고, 확대해석이 습관인 것이고, 피해망상에 생각이 찌든 것이다.

나의 잘못이 아니다. 순전히 그 사람의 잘못이다. 그 사람의 잘못을 내가 자책해야 할 이유는 어디에도 없다.

알아도
속아 준다

알면서도 속아 준다. 변명과 핑계를 들었을 때 속이 뻔히 보여서 다 알지만, 굳이 불편한 사실을 끄집어내서 관계를 망치는 것이 더 좋지 않은 일임을 알기에 그냥 넘길 때가 있다.

거짓임을 알면서도 말하지 않는다. 소중한 사람이니까 진실과 잘잘못을 따지는 것보다 관계를 유지하는 게 더 낫다고 판단한다.

언쟁이 피곤해 지쳐서 피하는 경우도 있다. 눈치챈 사실을 눈앞에 들이밀면 열에 아홉은 민망해서 한층 더 우기고 본다. 자연스레 말싸움으로 이어지고 감정싸움으로 번진다. 소모뿐인 싸움을 해서 남는 것이 무얼까 싶다.

어차피 계속 볼 사람인데 잠시 통쾌하려고 일을 키우는 건 당장 눈앞의 일밖에 보지 못하는 행동이다. 덩달아 피곤해지는 건 나일 테니 말이다. 싸움으로 인해 감정이 상한 상태로 온종일 신경을 쓰느니 피하는 게 낫다.

현명한 대처법이라서 대체로 옳다. 다만 반복해서 그런다면 일을 벌여서라도, 싸우더라도 확실히 짚어 줄 필요가 있다. 뻔한 거짓말에 매번 순순히 속아주기만 해선 계속 그래도 되는 만만한 사람으로 알 테니 말이다.

기대는
크지 않은 게 좋다

❧

    기대는 크지 않은 게 좋다. 기대가 크면 실망도 크다. 실망이야 얼마든지 할 수 있지만, 실망이 클수록 안온했던 삶이 송두리째 흔들리는 게 문제다.

    큰 실망을 겪으면 일상생활에 집중이 되지 않을 만큼 속상하다. 시간이 어떻게 지났는지도 모르게 지나가기도 한다. 며칠에서 몇 주에 이르기까지 실망감에 휩싸인 채 시간이 지나가 버리면 삶이 허탈해진다.

    큰 기대는 주로 일이나 성과에 해당하는 말이지만, 관계에도 적용된다. 사람에게, 사랑과 우정에 기대를 크게 품지 않는 습관을 지니는 게 필요하다.

그래야 상대가 어떤 식으로 반응하고, 어떻게 대해도 침착함을 유지할 수 있다. 이는 관계의 중심을 상대가 아닌 나에게로 가져오는 좋은 방법이다. 기대가 크지 않으니, 상대에게 실망할 일이 없다. 감정도, 일상도 상대에 따라 휘둘리는 일이 없다는 말이다.

인간은 본능적으로 기대 심리가 있기 때문에 자신이 한 일에 대해 합당한 보상을 얻길 바란다. 그 보상은 상대의 반응과 태도에서 온다. 이러한 기대 심리를 알고 조절할 줄 알아야 한다. 자신을 침착하게 유지할 수 있는 방어 수단이므로.

내 안의 나와
겉보기의 나

🍁

　괜찮은 척 연기하는 내가 있고, 괜찮지 않은 내가 있다. 겉보기엔 같은 나지만, 실상 속은 괜찮은 척 연기하는 나는 가짜고 괜찮지 않은 내가 진짜다. 전혀 괜찮지 않은데 매일 괜찮은 척하며 살아야 하므로 스스로 두 가지 모습만 인식한다.

　하지만 두 모습에 가려진 하나의 내가 더 있다. 바로 괜찮았으면 하는 나다. 내가 괜찮지 않을 때, 사실 누구보다도 괜찮길 바라는 건 나 자신이다. 이 사실을 잊지 말기 바란다.

　가만 보면 내가 나를 망가뜨리는 경우가 많다. 누군가 내 마음을 뜯어가버린 빈 부분은 스스로 어쩔 도리가 없다. 외부적 요인이니까. 다만 나머지 부분까지 스스로 망치는 경우가 문제다.

하나 망쳤다는 이유로 모르겠다는 식으로 모든 걸 망쳐버린다. 일부가 뜻대로 되지 않았다고 될대로 되란 식으로 전부를 놓아버리기도 한다. 자신한테는 그러면 안 된다. 스스로 괜찮길 바라는 자신을 외면해선 안 된다.

내 속엔 괜찮다고, 괜찮을 거라고, 괜찮아질 거라고, 누구보다 바라는 나 자신이 있다. 내가 나를 포기하지 말자.

나는 나를 높이고, 아끼고,
사랑할 의무가 있다.

내가 나를
결정한다

🍁

언제나 내가 나를 결정한다. 긍정적인 것도 부정적인 것도 나의 선택에 불과하다. 가끔 타인의 부정적인 얘기에 영향을 받게 되어서 부정적인 생각으로 번질 때가 있다.

좋지 않은 말을 들으면 괜히 기가 죽고, 기분이 처지고, 내가 나를 부정하거나, 스스로 괴롭히는 경우 말이다. 타인의 의사를 마치 나의 의사로 착각한다.

가족이든, 지인이든, 직장 동료든, 타인의 시각을 나의 시각으로 받아들일 필요는 없다. 어디까지나 그건 타인의 시각이다. 사람은 환경의 영향을 받기 때문에 혼동하기 쉽지만, 나의 의사와 타인의 의사를 구분할 줄 알아야 한다.

타인의 시각이므로 틀렸다고, 아니라고, 별로라고, 이상하다고 할 수 있다. 그러나 사회적인 범죄, 도덕과 양심을 망가뜨리는 일, 타인에게 심각한 해를 끼치는 그런 문제가 아니고서야, 타인의 말은 그저 의견에 불과하다.

의견은 참고하는 것이지, 의사 결정의 주체가 될 수 없다. 내 의사는 내가 원하는 대로 결정하는 것이다. 타인의 말은 '저런 생각도 있구나.' 정도로 넘기면 그만이다.

당신은 무엇이든지, 언제든지 시작해도 좋다. 당신이 하는 것이 진심으로 원하는 것이라면 그게 무엇이든 언제나 옳다.

반딧불

나무를 보지 말고 숲을 보라던데
정말로 숲을 보는 것은
나무 하나하나를 숲만큼 보는 거다.

너의 밝은 모습과 슬픈 모습을 보고
배려심과 이기심을 보고
착한 마음과 못된 마음을 보고
하나하나 보아왔지만

너는 여전히 너다.
나는 여전히 너를 좋아한다.
나는 네 숲을 비추는 반딧불이다.

욕심과 상대를
위하는 것의 차이

누군가를 진정으로 위하는 건 그 사람을 빛나게 해주는 일이 아니라, 그 사람의 빛이 꺼지지 않게 지켜주는 일이다. 소중한 사람을 소중히 대하다 보면 그 사람이 빛이 나길 바라게 된다. 곁에서 지켜봐 온 이 사람이 빛이 나면 얼마나 눈부실지 알기 때문이다.

소중한 사람이기에 지금보다 더 잘 되길 바라는 마음이 자연스레 생기는 거다. 다만 그 마음이 나의 욕심임을 알아야 한다. 문제는 욕심인 줄도 모르고 갈수록 그런 마음이 커질 때다. 그런 마음이 커지면 자기도 모르게 오지랖을 부린다. 응원에서 그치지 않고 하나씩 간섭하기 시작한다.

어떤 옷이 어울린다, 운동을 얼마나 해야 한다, 식단을 어떻게 해야 한다, 이런 생각이 좋다, 저런 태도를 유지 해야 한다. 이처럼 애정 어린 잔소리를 시작으로 점점 이 래라저래라 지시가 늘어난다. 그 사람을 빛나게 해주려고 하는 말이 오히려 상대를 압박하는 말이 된다.

오지랖과 참견의 압박을 멈추고, 자존감이 흔들릴 때 와 도움이 필요할 때 적극적으로 나서서 지켜 주어야 한 다. 소중한 상대를 위하는 마음과 나의 욕심은 구분하기 어렵다. 따라서 반드시 구분하는 연습이 필요하다. 그게 진정으로 상대를 위하는 길이니까.

스스로
구원자

사람은 스스로를 구할 수 있다. 남이 구해 줘야 구해지는 게 아니다. 타인은 그저 계기만 줄 뿐. 아주 작은 계기만 있으면 자기 자신을 스스로 구원할 수 있다.

올림픽에 출전한 선수의 투혼을 보고 감명을 받아 자신을 구할 수도 있다. 좋아하는 드라마나 영화의 주인공을 보고 영감을 받아 그처럼 극복할 수도 있다. 존경하는 사람의 말을 듣고 동기부여가 되어 삶을 바꿀 수도 있다. 공감하는 책이나 글을 읽고 하루를 변화시킬 수도 있다.

이 모든 게 가능한 건 내가 나를 바꿀 힘이 이미 내 안에 있기 때문이다. 외부적인 요인이나 환경은 계기에 지나지 않는다.

어떤 일이든 자존감이 떨어진 상태라면 도저히 안 될 것만 같다. 그러나 막상 해보면 내 안의 힘이 조금씩 밖으로 나오기 시작한다. 내면의 힘은 없는 것처럼 느껴져도 어김없이 누구에게나 있다. 당신이 누구든 얼마든지 변할 수 있다.

중요한 건 자기 내면의 힘을 믿는 것이다. 그 믿음이야말로 강력한 힘의 원천이니까. 처한 환경 때문에 자꾸만 자신을 의심하고 있다면 생각을 고쳐먹자. 당신이 그렇게 하고자 마음만 먹는다면 그 누구도 막지 못한다.

원하는 대로 행할 수 있고,
원하는 대로 살 수 있다.

상처는
부메랑

상처를 주고 다닌 사람은 나중에 더 큰 상처로 돌려받는다. 상처를 주는 언행은 부메랑 같아서 어떤 형태로든 반드시 되돌아온다.

그 형태는 간접적인 형태의 뒷말이 될 수도 있고, 주변의 안 좋은 소문이 될 수도 있고, 인터넷이나 SNS의 악성루머가 될 수도 있고, 직접적인 형태의 보복이 될 수도 있다.

깊은 상처를 입은 사람은 원한을 품고 복수하려고 이를 가는 경우가 아주 많기 때문이다. 상대가 너무 착한 나머지 원한을 품지 않더라도, 상처를 쉽게 주고 다닌 사람은 자신과 비슷한 사람을 운명처럼 만나게 된다.

그것이 직장 상사이든, 군대 선임이든, 사업이나 일과 관련된 파트너이든, 친구든, 연인이든 말이다. 본인보다 더한 상대를 만나서 갖은 상처를 받는다.

그제야 그동안 본인이 남한테 상처를 준 행동들이 얼마나 최악이었는지 뒤늦게 깨닫게 된다. 상처를 쉽게 주는 이는 이기적이라서 남한테 차갑게 돌아서고 상처를 줄 땐 모른다.

쉽게 상처 준 본인도 결코 무사할 수 없다는 것을. 언젠가 자기 가슴에도 커다란 대못이 박힐 거라는 것을.

말보다 마음이
먼저 드러나길

　말로 표현하는 것보다 마음이 드러나는 것이 좋다. 말보다 먼저 마음이 다가오는 사람. 장황하게 설명하지 않아도 행동 하나하나에 설렘이 묻어있다. 배려하는 태도에 한 번 더 헤아린 흔적이 있다. 신경 쓰는 모습에서 관계를 결코 가벼이 여기지 않음을 알 수 있다.

　무엇보다 성급하지 않아서 좋다. 놀라진 않을까, 갑작스럽진 않을까, 부담스럽진 않을까. 세세하게 돌아보는 점이 고맙다. 사소하게 지나칠 수 있는 일과 지나가는 말을 기억하고 알아주는 점이 정성스럽다.

말이 아닌 마음으로 먼저 다가가는 방법은 진심이 담겨 있기 때문에 작은 태도가 모여서 상대의 마음에 닿게 된다. 행동을 먼저 보이면 말에도 더욱 힘이 실리는 법이다.

　마음이 보일 만한 행동을 딱히 보거나 느낀 적도 없는데 대뜸 말부터 꺼내 봐야 당황스럽다. 뜬금없기 때문이다. 호감이 가는 상대에게는 좋아한다, 사랑한다는 말보다 먼저 마음을 느낄 수 있게 다가가는 것이 좋다. 성급하게 굴지 말고 정성을 다해서.

차갑게
등을 돌렸다

🍁

차갑게 등을 돌렸다. 돌아선 모습에 냉정함을 느끼고 서운하다고 생각할 수 있다. 돌변한 태도에 아파할 수도 있다. 피도 눈물도 없다고 원망할 수도 있다.

그러나 정작 독한 마음을 먹고 돌아선 사람은 셀 수 없이 많은 망설임이 있었다. 한 번 진심을 나눈 상대에게 등을 돌리는 일은 손바닥 뒤집듯 할 수 있는 일이 아니다.

똑같은 실수, 배려심 없는 태도. 반복하여 밀려드는 실망감을 견디었다. 아닐 거라고 믿었고, 바뀔 거라고 기대했고, 오랜 시간을 참았다.

기다리고, 눈치 주고, 대화하고, 속마음을 털어놓고, 다짐까지 받아도 바뀌는 건 없었다. 기회는 정말 많았다.

잠깐 나아지는 듯하다가도 다시 제자리였다. 그럴 때마다 고스란히 상처받는 건 나였다. 그러니 이제는 냉정하게 끊을 수밖에 없다. 나를 지키기 위해서. 나 때문에 덩달아 힘들어하는 주변 사람들을 위해서.

　끊는 것뿐만 아니라, 냉정히 그와 관련된 모든 걸 삭제하고 차단해야 한다. 그래야 더는 그 사람 때문에 아파하고 어지러울 일이 없을 테니까.

표현하는
사람이 좋다

🍁

표현하는 사람이 좋다. 자주 표현하는 사람을 만나야
하고 나도 상대에게 자주 표현해야 한다. 관계에서 가장
중요한 것은 소통이기 때문이다.

각자 자라온 환경이 다르고 생각이 다르기 때문에 어
느 누구와도 모든 것이 완벽하게 맞을 순 없다. 아무리 잘
맞는 사람이라도 분명히 맞지 않는 지점이 존재한다.

맞지 않는 점을 해결하는 가장 좋은 방법은 소통이다.
대부분 문제는 소통으로 해결하고 맞춰갈 수 있다. 한데
이처럼 중요한 소통을 가까운 사이일수록 대충 넘기는
경향이 있다.

굳이 말로 하지 않아도 알아줄 것이라 생각하고, 설명하거나 동의를 구하는 과정을 건너뛰곤 한다. 상대방에게 표현하는 것은 생략하거나 대충하면서, 관계는 돈독하길 바라는 건 이기적인 욕심일 뿐이다.

　관계는 어느 한쪽이 일방적으로 봉사하는 자리가 아니다. 최소한의 도리도 지키지 않으면서 관계가 유지될 것이란 괘씸한 마음부터 버려야 한다.

　소통은 언제 어느 때나 옳다. 소통을 생략할수록 소중함도 함께 생략된다. 관계에 소통이라는 물을 줘야 신뢰가 무럭무럭 자란다는 이치를 잊지 말길.

상처받는
진짜 이유

❀

　잘해줄수록 상처받는다. 남에게 잘해 줄 땐 아무런 보상도 바라지 않고 해주는 것이 좋다. 하지만 현실은 말처럼 쉽지 않다.

　인간은 누구나 보상 심리가 있기 때문이다. 보상 심리는 단순한 심리 상태를 말하는 것이 아니다. 실제로 인간의 뇌엔 보상 회로가 존재한다.

　뇌의 보상 회로 중요 부위는 복측피개영역, 중격측자핵, 전전두엽피질 부위라고 한다. 즉, 생물학적으로 보상을 바라게 된다는 의미다.

보상은 별거 없다. 내가 10을 해주면 상대가 적어도 4~5 정도는 보답하는 성의를 말한다. 이런 성의가 전혀 없는 사람에겐 잘해 줘 봐야 아무런 의미가 없다는 것을 느끼게 된다.

상대가 보답도, 성의도 없는 태도를 여러 차례 보이면 결국 내가 실망하고 상처를 받게 된다. 마음을 다스려서 생물학적인 보상 회로를 거스르려고 하니 괴롭고 힘이 드는 것이다.

보답할 줄 아는 사람에게만 잘해주는 것이 좋다. 좋은 사람이라면 누가 시키지 않아도 어떻게든 보답하고자 노력한다. 좋은 사람과 아닌 사람을 구분하는 뚜렷한 기준인 셈이다.

언제나 찬란한 당신

시간이 나이 들게만 했을까.
시간은 나를 무르익게 하였다.

자신을 알게 하였고
사랑을 알게 하였고
사람다움을 알게 하였다.

그렇기에 돌아볼 수 있고
그렇기에 그리워할 수 있다.

지난 시간이 찬란하여 그리워하는 사람아.
지금 시간도 훗날에는 찬란하고 그리운 때다.

고요히 기억하길.
그대는 언제나 찬란했음을.

진심을
쏟을 곳

🍁

좋아하는 것에 진심을 다해야 한다. 언제나 진심을 다하면 좋겠지만, 그건 이상에 가깝다. 살아 보면 현실적으로 어렵다는 걸 알게 된다.

끊임없이 동시다발적으로 해야 할 것들이 생기는데 사람의 체력과 정신력은 한정적이기 때문이다. 그렇다면 최소한 좋아하는 것만큼은 최선을 다해야 한다.

좋아하는 사람, 좋아하는 일, 좋아하는 취미. 자신이 좋아하는 것이라면 대충하지 말고 마음을 다하여 움직이자. 사람은 누구나 게으른 면을 가지고 있다.

반복되는 일상은 지루하고 해야 하는 일은 귀찮고 피곤하게 느껴지는 법이다. 따라서 어떻게든 요령을 피우려고 한다. 이런 태도가 이어지다가 마침내 좋아하는 것에도 영향을 끼친다.

진심으로 좋아했던 것마저 시간이 갈수록 마음이 식고 흐지부지하는 것이 이런 경우다. 돌이켜 보면 지나서 후회하는 것은 대부분 좋아하는 것을 대충했을 때다.

후회가 남지 않게 좋아하는 것만큼은 진심을 쏟자. 대충 살면 진정성이 없는 삶을 살고, 진심을 다할 줄 알면 진정성이 있는 삶을 산다.

어른이
되는 기준

　사람은 나이만 먹는다고 어른이 되지 않는다. 나이가 많다는 이유로 본인은 그렇게 살지 않으면서 타인에게 그리 살라고 강요하는 꼰대. 평소 도덕과 윤리에 어긋난 일상을 살면서 학생을 가르치는 선생. 자식에 대한 책임은 뒷전이면서 자식에게 도리만 강조하는 자격 미달인 부모.

　살다 보면 겉만 늙고 속은 성숙하지 않은 어른을 심심찮게 볼 수 있다. 사람은 언제 진정한 어른이 되는 걸까. 주위에 존경받는 어른들을 보면 공통점이 있다.

　삶의 태도를 관철한다는 점이다. 스스로 어떻게 살아가야 할지 정하고 정한 대로 행동할 때, 비로소 진짜 어른이 된다. 삶의 태도는 단지 말, 다짐, 생각, 의지에서 그치는 게 아니다.

나아가서 실천하는 행동만이 삶의 태도가 된다. 멋진 어른이 될 것이라 생각하고, 늘 떳떳하게 행동할 것이라고 다짐해도, 정작 사는 행동이 비굴하다면 비굴한 어른일 뿐이다.

본인이 어릴 때, '커서 저런 어른은 절대 되지 말아야지'라며 속으로 혀를 찼던 어른의 모습과 똑같은 어른이 되는 것이다.

지금도 늦지 않았다. 그런 어른이 되기 싫다면 스스로 정한 바가 무엇인지, 정한 대로 얼마나 살고 있는지, 말뿐이 아니었는지 점검할 필요가 있다.

좋다는 말은 함부로 대해도
좋다는 말이 아니다

🍁

좋다는 말은 함부로 대해도 좋다는 말과 동의어가 아니다. 그럼에도 불구하고 쉽게 대하는 사람이 있다. 편함을 넘어서 무신경한 태도를 보인다. 편하게 대하는 것과 함부로 대하는 것은 엄연히 다르건만 차이를 모른다.

편하게 대하는 것은 편한 와중에도 상대를 존중하고 배려하는 태도가 항상 밑바탕에 깔려 있다. 함부로 대하는 것은 오로지 자기 편한 대로만 구는 것을 말한다.

사랑이든 우정이든 서로 똑같이 좋아하면 좋겠지만, 둘 중 더 좋아하는 사람이 있기 마련이다. 덜 좋아하는 사람은 더 좋아하는 사람의 애정 표현에 익숙해지는 경향이 있다.

익숙해질수록 함부로 대하는 경향도 심해진다. 이런 상황을 겪어 보면 점점 솔직한 감정 표현을 피하게 된다. 좋아하는 감정을 이용하는 것만큼 천하고 졸렬한 짓도 없다.

서로를 진심으로 좋아하는 건 살면서 그리 쉽게 경험할 수 있는 것이 아니다. 그만큼 귀한 마음이기에 예쁘게 여기고 존중할 줄 알아야 한다.

좋아하는 사람에게
아낌없이 내어주고 싶은 것이지,
호구가 되는 느낌을
받고 싶은 것이 아니니까.

자신에게
감사와 칭찬하기

🍁

감사와 칭찬 좀 하고 살자. 타인이 아니라, 자기 자신한테 말이다. 자책은 수없이 하면서 자기 칭찬엔 왜 그리 인색할까. 남에겐 자주 감사하다고 표현하면서 자신한텐 어째서 감사할 줄 모를까.

자만에 빠질까 봐 필요 이상으로 경계한다. 스스로 감사하는 것과 칭찬하는 것은 자만이 아니다. 아주 사소한 것부터 감사하고 칭찬할 줄 알아야 한다.

밥을 많이 먹으면 살을 빼야 한다고 자책하는 사람은 많지만, 밥을 맛있게 잘 먹었다고 스스로 칭찬하는 사람은 드물다. 그러면서 밥 잘 먹는 아이에겐 누구나 "어이구, 잘 먹네. 예쁘다!"라면서 칭찬한다.

밥만 축내는 식충이라고 자기 비하는 많이 하면서 밥을 먹게 된 것에 진심으로 감사하는 경우는 드물다. 인간은 산이나 사막에서 길을 잃고 극도로 굶주린 상황에 처해 봐야 먹는 것의 감사함을 뼈저리게 느낀다고 한다.

그뿐만 아니라, 스스로 감사하고 칭찬할 일은 무척 많다. 보는 것, 숨 쉬는 것, 말할 수 있는 것, 건강한 것, 소중한 사람이 있는 것.

사소하게 감사하고 사소하게 칭찬하자.
그것이 삶의 만족도를 높여주고
더 큰 행복을 불러온다.

비교를
이용하는 방법

비교를 끊을 수 없다면 비교를 이용하면 된다. 누구나 한 번쯤 시기와 질투, 열등감을 느끼는 순간이 있다. 타인을 보고 부러워하거나 탐탁지 않게 여기는 감정. 상대는 나와 무관한 사람이고, 직접적인 피해를 준 적이 없는데도 말이다.

TV나 유튜브에 출연하여 큰 집과 좋은 차를 자랑하는 일반인이라든지, 인스타그램이나 페이스북에 비싼 명품과 예쁜 몸매 사진을 올리는 지인이라든지. 아무렇지 않게 지나가면 되는데 괜히 부러워한다.

때로는 시샘하는 마음이 들기도 한다. 자격지심으로 인해 배가 아픈 것 말이다. 그럴 때면 애써 아닌 척하거나 '쟤는 금수저라 그런 거야'라는 식으로 자위하기도 한다.

이 모든 것이 자신도 모르게 타인과 비교하며 생기는 열등감이다. 남과 비교하는 짓은 무의식적으로 발동한다. 본능에 가까운 일이라서 의식적으로 끊는 것이 어렵다.

그렇다면 억누르기보다 아래와 같은 방법으로 좋게 이용하면 된다.

"쟤도 하는데, 내가 못할 건 없지."
"내가 더 멋있어지면 돼."

자격지심은 최고의 동기 부여이고 열등감은 상상 이상으로 강력한 에너지원이다. 이런 마음을 이용하여 자기 자신을 자극하고 성장하는 원동력으로 삼는 것이다.

시든 마음은
돌이키기 어렵다

한 번 시든 마음은 돌이키기 어렵다. 꽃도 시들기 시작할 때 물을 주면 다시 살아나지만, 완전히 시들어 버리면 아무리 물을 주고, 햇볕을 쬐고, 흙을 갈아도 두 번 다시 살아나지 않는다.

마음도 똑같다. 떠나버린 마음은 아무리 호소해도 돌아오지 않는다. 그제서야 사랑을 표현하고, 말을 예쁘게 하고, 자주 연락해 봐야 이미 때는 늦었다.

과거를 아무리 꺼내놓아도 빛바랜 지난날의 추억에 지나지 않는다. 사람의 마음이 이렇게 무섭다. 있을 때 잘해야 하는 이유다. 곁에 있을 때는 특별히 잘할 필요도 없다. 조금만 잘하면 된다.

의외로 그 조금도 잘하지 못해서 마음이 시들게 되는 것이다. 그러면서 관계는 어렵다고 변명한다. 이런 경우는 관계가 어려운 것이 아니라, 그동안 관계를 너무 쉽고 편하게만 생각하고 살아와서 그런 것이다.

왜 혼자만 편해지고자 하면서 관계를 어렵다고 생각할까. 자신은 편한 상태로 지내면서 상대가 잘해주길 바라는 건 이기심에 지나지 않는다.

상대를 불편하지 않게 해주려면 자신의 편함을 포기할 때도 더러 있어야 한다. 기본조차 충실할 수 없다면 혼자 지내는 것이 마땅하다.

좋은 사람의
조건

　좋은 사람은 특별한 것 없다. 대단한 능력이 있는 사람이 아니고, 거창한 이벤트를 해주는 사람도 아니다. 단지 다른 것보다 먼저 상대를 생각하는 사람이다.

　예를 들어 SNS를 볼 시간에 상대가 보낸 메시지에 답장부터 하는 것. 유튜브나 틱톡을 시청할 시간에 상대에게 먼저 연락하는 것. 취미 생활이나 게임을 하기 전에 상대를 먼저 생각하는 것.

　연락을 한동안 못 할 것 같으면 이유를 먼저 말해주는 것. 급한 볼일이 생겨 미처 연락하지 못했다면 미안하다고 먼저 사과하는 것. 함께 놀러 갈 장소나 식사 메뉴를 혼자 결정하지 않고 물어보는 것.

이런 사소한 배려면 충분하다. 다른 것을 하지 말란 말이 아니다. 다른 것을 하기 전에 먼저 배려하라는 말이다. 우선순위가 다른 것보다 앞서 있는 것이 존중이기 때문이다.

　그런 사람이야말로 좋은 사람이다. 반면 그렇지 못한 사람과의 관계는 거기까지다. 존중과 배려가 없는 관계란 일방적 희생을 요구하는 짓에 불과하므로.

심각하게
생각할 것 없다

심각할 것 없다. 심각하게 생각한다고 해결될 문제가 아니다. 그렇다면 도리어 마음을 가볍게 먹고 각오를 다질 필요가 있다. 그래야 두려움을 떨치고 그나마 상황이 나아진다.

'왜 나한테만 이런 일이 생기지', '어째서 미리 생각하지 못했지', '되는 일이 없어', '그때 이렇게 해야 했는데' 등. 자기 비하와 후회를 멈추자. 아무런 도움이 되질 않는다.

이미 벌어진 일은 되돌릴 수 없다. 과거로 돌아가는 건 물리적으로 불가능하다. 지금 할 수 있는 일을 찾아야 한다. 차분하게 생각하자.

지금 상황에서 가능한 것이 무엇인지를 찾고 실천으로 옮기는 것이다. 마음을 가라앉히고, 떨리는 손을 진정시키고, 하나씩 해나가면 된다. 그게 최선을 다하는 거다.

후회할 일이 생기는 것. 좋지 않은 일이 생기는 것. 막막한 일이 생기는 것. 살면서 누구나 겪는 일이다. 그럼에도 잘 극복하는 사람과 망가지는 사람이 있다.

차이는 대처에 있다. 자책하고 후회하며 어리석게 시간만 보내는 것과 그 시간에 할 수 있는 것을 찾고 최선을 다하는 것. 기꺼이 후자를 택하겠다.

나도 나를 이해하지
못하는 순간들

보고 싶은데 만나기는 싫다.

몹시 그리운 사람인데 막상 만나고 싶지는 않다. 보고 싶은 건 맞지만, 그때의 그 사람이 아니라서. 좋았던 그 시절의 우리가 아니라서. 만나는 건 싫다. 그때와는 너무도 많은 것이 변해버렸으니까.

혼자가 편한데 외롭기는 싫다.

학습지 같은 연애 공식에 염증을 느꼈다. 상대를 신경 써야 할 점이 한둘이 아니고, 마음이 식으면 찝찝한 죄책감만 들어서 차라리 혼자가 편하다. 분명 그런데도 외로운 건 견디는 게 불가능할 정도로 쓸쓸하다.

고민이 있는데 말하기는 싫다.

속에 심각한 고민이 있는데 말하면 약점이 될까 봐 말하지 못한다. 말해봐야 초라하기만 하고 해결되지도 않을 것을 아니까. 고민이 있는 나지만, 고민을 나눌 나는 없다.

괜찮지 않은데 티내기는 싫다.

전혀 괜찮지 않지만, 굳이 티를 내서 동정 어린 관심을 받고 싶지 않다. 구구절절 설명하여 구차해지기는 더 싫다. 그러면서도 내심 누가 먼저 알아주길 바란다.

이처럼 아이러니하고 모순된 복잡한 마음은 생각보다 자주 찾아온다. 그럴 때면 나도 나를 이해할 수 없다. 그래서인지 먼저 알아주고 다가와 주는 사람이 더욱 고맙다.

죽을 만큼 힘들어도
괜찮다고 하는 이유

짐이 될까 봐. 툭하면 징징거린다고 할까 봐. 나만 힘든 것도 아닐 텐데 그에 더할 짐이 되긴 싫다. 그러니 애써 아무렇지 않은 척 괜찮다고 한다.

쓰러지면 일으켜 줄 사람이 아무도 없을까 봐. 쓰러지는 것까지도 참을 만한데 막상 진짜로 쓰러지면 아무도 손을 건네지 않을 것만 같아서 두렵다.

약점이 될까 봐. 사람 일이 어찌 될지 모른다고 친했던 사이가 틀어지면 약점으로 삼더라. 아무리 영악한 것이 인간이라지만, 해서는 안 될 짓이 있다. 이런 일을 당하면 인류에 환멸을 느낀다.

변하는 것이 없으니까. 말해 봤자 바뀌는 것이 아무것도 없다. 해결되지 않을 것을 안다. 과거에 속마음을 털어놓아도 봤지만, 돌아온 것은 결국 말뿐인 위로였기에.

무거운 마음을 짐짝처럼 끌어안고 산다. 잘 움직이지 않는 다리를 강제로 끌듯이 걷는다. 비탈을 그 다리로 오른다.

애썼다. 하루하루 무겁지만, 내딛는 발이 무거워서 발자국이 깊게 파일수록 걸어온 삶의 길은 더 선명하고 뜻깊다.

스트레스를
받는 순간

🍁

　자신이 한심하게 느껴질 때.
　해야 하는 것을 알면서도 하지 않거나. 계속 미루다가 결국 망하거나. 실망시키기 싫은데 또 실망시키거나. 이런 일이 반복되면 스스로 한심하게 느낀다. 자책이 끝도 없으니 스트레스도 끝이 없다.

　뜻대로 되지 않을 때.
　이번엔 제대로 노력했다. 다른 사람들 만큼 했으면 했지, 덜하진 않았는데 결과가 형편없다. 뜻대로 되는 것이 없으면 뭘 해도 안 되는 사람처럼 느껴진다. 이는 인생에 관한 생각을 부정적으로 바꿀 만큼 극심한 스트레스다.

　말이 안 통할 때.
　소통할 수 없어서 받는 스트레스는 생각 이상으로 크다.

194

특히 가까운 관계일수록 말이 통하지 않으면 몹시 괴롭고 답답하다.

타인에게 휘둘릴 때.
남의 말 한마디에 기분이 온종일 좌지우지된다. 기분이 안 좋다가도 남의 그럴싸한 말에 괜히 들뜨고, 기분이 좋다가도 이상한 말을 들으면 침전된다. 겉으로는 애써 신경 안 쓰는 척하며 태연해도 속은 문드러진다. 그런 자신이 싫다.

스트레스를 받지 않는 방법은 존재하지 않는다. 다만 조절할 수는 있다. 위와 같이 원인을 알면 가능한 피할 수 있고, 마음을 어느 정도 내려놓는 것이 가능하다.

관점을 조금만 달리해도
스트레스가 크게 감소한다.

별거 아니었는데
나이 들수록 어려운 것

🍁

편안하게 잠들기 어렵다. 걱정과 불안 없이 편히 자는 것이 얼마나 어려운 일인지, 성인이 되면 안다. 갈수록 잠들기도, 편한 잠자리도 결코 쉽지 않다. ASMR과 수면 유도 영상이 조회 수가 폭발하고 수면제가 셀 수 없이 처방되는 데에는 그만한 이유가 있다.

인간관계가 어렵다. 어릴수록 두루 친하고 순수하게 지내는 것이 당연했다. 한데 갈수록 계산적으로 변하고 뒤통수 치는 인간이 많아졌다. 사람에 대한 불신만 커졌다. 외톨이가 되기는 싫은데 사람에게 상처 입기는 더 싫다. 나이 들수록 사람이 무섭고 싫어진다.

몸에 통증이 없기가 어렵다. 허리가 아프거나, 목이 결리거나, 등이 뻐근하거나, 어깨가 쑤신다. 나이가 더 들면 무릎 같은 관절 부위까지 시리다. 매일매일 몸의 어딘가 묵직하게 아리는 통증이 있다. 어릴 때는 이렇지 않았다. 몸이 깃털처럼 가벼웠고 통증이 없는 것이 당연했다. 이제는 그때가 언제였는지 기억도 안 난다.

당연했는데 나이를 먹으니 당연하지 않다. 별거 아니었던 것이 갈수록 당연하지 않다는 것을 알게 되니까 어렵고 겁이 난다.

이처럼 가혹한 현실을 무조건
참고 견디는 사람이 어른인 모양이다.

좋은 영향력을
끼치는 사람

첫째, 그릇이 큰 사람

생각의 크기부터 다르다. 눈앞의 작은 일에 시선을 뺏기지 않고 멀리 내다본다. 완벽한 사람은 없다는 걸 알기에 이해의 폭이 넓다. 자기 말부터 하지 않고 상대의 말을 먼저 경청한다. 그러면서도 자기 생각은 명확히 전달한다.

둘째, 배울 점이 많은 사람

평소 내가 이렇게 살면 멋있겠다고 생각했던 점을 이미 실천하고 이룬 사람이다. 꾸준히 무언가를 해내는 사람, 자기 관리에 엄격한 사람, 감정을 다스릴 줄 아는 사람. 배울 점이 확실한 사람을 보면 볼수록 따라 하게 된다. 좋은 영향을 받을 수밖에 없다.

셋째, 실력 있고 겸손한 사람

실력을 갖췄는데 과시하지 않는다. 담담하게 자기 할 일에 집중한다. 실력이 있기에 찾는 사람이 많고, 겸손하기에 스스로 알아달라고 얘기하지 않아도 주위에서 먼저 알아준다.

좋은 영향력을 지닌 사람은 가까이해야 할 등대 같은 존재다. 어둡고 어지러운 항해 같은 인생에서 정확히 나아가야 할 방향을 제시해 준다.

쉬어도 쉬는 것 같지 않다. 쉴 때도 조급한 마음을 내려놓을 수 없다. 아무리 편하게 쉬려고 해도 아무것도 안 하면 자꾸 혼자만 뒤처지는 것 같아서 불안하고 우울하다.

피곤할 정도로 조심한다. 민폐 끼치는 것이 몹시 싫다. 나에게 민폐 끼치는 인간을 혐오하기 때문에 나도 다른 사람한테 그와 똑같은 꼴이 되는 것을 극도로 꺼린다. 그래서 계속 신경 쓰고 조심하다 보니 사서 고생하고 배로 피곤하다.

소음에 민감하다. 오감이 예민한데 특히 소리에 민감한 편이다. 층간 소음, 밖에 지나가는 차 소리, 냉장고 요란하게 돌아가는 소리 등 반복되는 소음에 기분이 불쾌하고 신경이 날카로워진다. 소리에 둔감한 사람을 보면 진심으로 부러울 정도다.

이처럼 예민한 사람은 일반적인 경우보다 불편한 점이 많다. 하지만 예민한 만큼 관찰력이 뛰어나고 타인의 상태와 감정 변화를 빨리 눈치챈다.

눈치챈 정보를 바탕으로 먼저 위로하고 공감할 줄도 안다. 단점만 있는 것이 아니다. 조금의 불편함과 그보다 많은 장점을 지닌 사람이다.

편하게 마음먹으면
삶이 유연해진다

마음을 편하게 먹자. 결국은 잘 된다. 편하게 생각해도 된다. 끝내 잘 될 것인데 어렵게 생각할 이유가 없다. 애초에 성공이란 영화처럼 드라마처럼 수많은 NG 끝에 겨우 얻는 한 컷이다.

잘 된 사람도 똑같이 수많은 실패와 시행착오를 거듭한 끝에 성공을 거뒀다. 안 되고, 또 안 되고, 또다시 실패하는 건 훌륭한 경험이자 성공의 과정일 뿐이다.

마음이 불편하고, 어렵게 생각하고, 두려워서 피한다고 해결되는 것은 아무것도 없다. 편히 생각하고 마음을 편안하게 먹으면 긴장이 풀어지고 딱딱하게 굳은 삶을 유연하게 펴 준다.

긴장이 풀어져야 마음 속에 여유가 생기고, 시야가 트여서 놓치는 것이 줄고, 더 좋은 생각과 더 좋은 태도를 가질 수 있게 된다.

입으로 되뇌이길.
나는 잘된다.
잘될 수밖에 없는 사람이다.

세월은 우리를 흩어놓는다.
아무리 깊은 사랑을 나눠도
어떤 위대한 업적을 쌓아도
수명이 한정된 우리의 종착역은
이별 하나뿐이기에.
모든 게 먼지처럼 흩어진다.
결과만 본다면 허무하기 짝이 없다.
더욱이 그렇기에 과정이 소중한 법이다.

자존감을 높이는
구체적인 방법

❦

첫 번째, 이불을 갠다.

매일 일어나서 이불을 개는 것과 자존감이 대체 무슨 상관일까. 자존감은 자신과의 약속을 지켰을 때 비로소 높아지기 때문이다. 스스로 약속하고 가장 쉽게 지킬 수 있는 것이 바로 이불 개기다. 이것만으로도 스스로 약속을 지켰다고 인식하게 된다. 스위치가 켜지듯 말이다. 이 감각이 중요하다. 작은 실천 하나가 더 큰 약속을 지킬 수 있게 한다. 실제 미해군대장 맥레이븐의 유명한 연설이다. "인생을 바꾸려면, 침대부터 정돈하라."

두 번째, 부정적인 지인을 정리한다.

주변의 부정적인 지인을 쳐내야 한다. 그들은 지인이라 할 수 없다. 오히려 방해꾼이다. 무얼 하든 응원 대신 자꾸만 안 되는 이유를 대고 부정적인 말로 자존감을 깎는다. 현실적인 척하며 타인과 나를 비교한다.

내가 온전히 나답지 못하게 만드는 주범이다. 친구라면 손절하고, 가족이라면 독립하여 멀리해야 한다. 그것만으로 즉시 자존감이 높아진다. 옆에서 깎아내리는 사람이 없어지니까.

세 번째, 오늘이 남은 인생의 첫날임을 안다.

지금이 삶을 바꿀 수 있는 절호의 기회라는 것을 깨달아야 한다. 젊고 어릴수록 남은 인생이 영원할 것처럼 느껴지지만, 그렇지 않다. 자존감을 높이는 구체적인 실천으로 남은 여생을 충실히 보낼 수 있다. 오늘이 변화의 첫걸음이다.

제대로 된
사람을 만나길

이제 그만 제대로 된 사람을 만나길. 다른 사람이 아닌 나를 먼저 신경써 주는 사람을 만났으면 한다. 연락도 없고, 답장도 안 하는 상대는 거기까지인 인연이다.

미래의 귀한 인연을 몰라보는 사람은 더이상 관계를 이어갈 가치가 없는 사람이다. 관계는 함께 만들어 나가는 이야기인 것이지, 혼자만 애쓴다고 이루어지는 이야기가 아니니까.

다정한 사람, 아낌없이 표현하는 사람, 타인보다 나를 먼저 생각해 주는 사람을 만나야 한다. 자기밖에 모르는 이기적인 사람이 참 많지만, 가만 보면 생각보다 다정한 사람도 정말 많다. 그런 이를 찾아 만나면 된다.

연락 잘 안 되는 사람. 자기만 희생하지 않으려는 사람. 했었던 말도, 있었던 일도 잘 기억하지 못하는 사람. 자꾸만 불안하게 하는 사람. 지치게 만드는 사람. 굳이 만날 이유가 없다. 거르는 게 답이다.

저런 부류의 사람에게 혹시나 하는 기대를 품어선 안 된다. 혹시가 역시다. 소중히 대할 줄 아는 사람을 만나서 제대로 깨닫길 바란다. 당신은 소중하고 사랑받을 사람이란 것을.

♣

　마지막에 승자가 누구일지. 누가 더 잘 되고 웃을지 끝까지 가봐야 안다. 과거에 실패했고 지금 망했다고 미래에도 망하고 실패하는 것은 아니다. 사람 일은 어떻게 될지 모른다.

　자신을 믿어야 유리하다. 도저히 믿을 수 없을 때도, 믿기 싫은 순간마저 나는 나를 믿는 것이 좋다. 자신을 믿으려면 노력을 게을리해서는 안 된다.

　가진 것이 아무것도 없을 때, 오직 노력만이 내가 나를 믿을 수 있는 근거가 되기 때문이다. 노력은 당장 눈앞의 결과로 나타나진 않아도 훗날 어떤 형태로든 보상으로 나타난다.

지금의 나를 믿기 어려우면 대신 미래의 나를 믿고 한 발씩 나아가면 된다. 간절히 원했던 훗날의 내 모습 말이다. 멋있고 당당한 미래의 내가 지금의 나를 이끈다.

　　나를 믿고 나태하고 자만하는 것이 망하는 지름길이지, 나를 믿고 노력하고 어제보다 더 나은 내가 되는 것은 성공하는 지름길이다.

내가 없으면 세상도 없다.
내가 없어지면 이 세상 어떤 것도
나에게는 아무 의미가 없기 때문이다.
내가 나를 믿을 수밖에 없는 원천이다.

장롱 안의
귀신

"야! 누구야! 숨어 있지 말고 나와!"

컴컴한 밤, 불이 꺼진 집. 9살 때 부모님이 집에 안 계신 날이었다. 늦은 시간에 혼자 집으로 돌아왔다. 우리 집은 아파트 2층이어서 계단을 올라야 했다.

조용한 아파트 통로 안. 계단을 오를 때마다 발걸음 소리가 메아리로 울렸다. 새 아파트라 독한 페인트 냄새가 코를 찔렀다. 후각이 예민했던 탓에 냄새만으로 머리가 지끈거렸다.

지끈거리는 상태로 집의 대문 손잡이를 잡았다. 손잡이를 천천히 돌리는 데 표정이 사뭇 비장했다. 불 꺼진 집에 혼자 들어갈 때면 꼭 누가 있을 것만 같았기 때문이다.

집에 강도나 도둑이 들어서 숨어있을 것만 같은 기분 말이다. 현실성이 현저히 떨어지는 망상. 웃기지도 않은 망상이지만 어린 시절엔 몹시 현실적으로 느껴졌다.

실제로 도둑이나 강도는 본 적도 없었다. 만약 마주친 다면 거품 물고 비명이나 지를 꼬마가 센 척하며, 집의 대 문을 활짝 열고 외쳤다.

누구 숨어 있으면 나오라고 나오면 용서해준다고. 외 침과 다르게 몸은 언제든 도망갈 준비가 되어있었다. 매 번 그랬듯이 집엔 아무도 없었다.

좀 더 어린 시절엔 자주 하던 망상이 하나 더 있었다. TV에서 특선 공포 영화를 할 때면 하게 되는 망상이었다. 방의 장롱을 열면 꼭 거기서 귀신이나 드라큘라가 튀어 나올 것만 같았다.

장롱 안은 어쩐지 어둡고 깊숙했기 때문이다.

이처럼 어둠은 무섭고, 두렵고, 불안하고, 망상하게 하는 정체 모를 무엇이다.

어른이 된 지금은 더이상 장롱과 밤에 불 꺼진 집을 무서워하지 않는다. 그곳엔 아무것도 없다는 사실을 커서 알게 되었으니까.

그렇다면 어른이 되었으니 이제는 무서운 것이 없는 걸까. 전혀 아니다. 여전히 무섭고, 두렵고, 불안한 것은 있다. 그 때문에 망상하게 되는 것도 여전하다.

미래가 불안하다. 일을 계속할 수 있을까 두렵다. 돈을 많이 벌 수 있을까 걱정된다. 건강이 나빠질까 봐 무섭다. 갑자기 사고가 나거나 죽을까 봐 무섭다.

소중한 사람을 잃을까 봐 겁이 난다. 사랑하는 사람과 조금만 틀어져도 마음이 변했다며 망상부터 한다. 왜 그럴까. 어린 시절이나 지금이나 공통점이 있다.

눈에 보이지 않는다는 점이다. 사람은 눈에 보여야 안심하는 경향이 있다. 반면 보이지 않는 것은 사람의 심리를 불안하게 만든다.

물체처럼 눈에 직접적으로 보이는 것과 달리, 사랑, 미래, 건강, 죽음 같은 것은 눈에 보이지 않는다. 보이지 않으니 자꾸만 불안하고, 두렵고, 망상한다. 심지어 이런 망상이 현실적으로 느껴진다.

마치 장롱 안의 귀신처럼.
나는 몸만 커버린 어린 애였다.

4부

마음 속 깊이
새길 온기

시작이
손해를 막는다

❄

우선 시작하자. 일단 하고 보는 자세가 중요하다. 한 과학자가 자신의 연구를 효율적으로 완성하기 위한 협업을 하버드대와 할지, 예일대와 할지 고민했다. 연구실과 장비를 비롯한 여러 조건을 면밀히 비교하고 결정하느라 3개월이 걸렸다.

그는 본인 인생에서 해당 3개월이 가장 어리석은 시간이었다며 후회했다. 그 시간에 어느 곳에서든 연구를 시작했으면 훨씬 더 빠르게 큰 성과를 이뤘을 텐데 그야말로 시간을 낭비했다는 것이다.

어느 쪽 길이 더 유리할지 따질 시간에 일단 시작해야 한다. 성공하면 좋고, 실패해도 경험이 생길 테니.

성공과 실패를 고민할 시간에 우선 해보는 것이다. 경험은 재도전 시 성공에 소모되는 시간을 대폭 줄여주는 자산이 된다.

실패를 걱정하는 것. 조건을 따지며 고민하는 것. 모두 시간 낭비가 된다. 당장 눈앞의 일밖에 보지 못하는 좁은 시야인 셈이다. 물론 실패하면 시간을 잃는다. 그러나 아무것도 하지 않고 걱정만 하며 허송세월해도 시간을 잃는다.

똑같이 시간을 잃는다면 도전해서 성공의 가능성과 경험을 얻는 편이 현명하다. 가만히 있으면 시간도 잃고, 경험도 얻지 못한다. 이중으로 손해 보는 구조를 자처하는 것이다.

망설임은
사치다

❄

망설임은 사치다. 소중한 사람이 있다면 미루지 말고 지금 표현해야 한다. 고마운 사람이 있다면 지금 감사를 전해야 한다. 좋아하는 사람이 있다면 지금 마음을 알려야 한다.

만나고 싶으면 지금 만나야 하고, 연락하고 싶으면 지금 연락해야 한다. 하고 싶은 것, 먹고 싶은 것, 가고 싶은 곳도 마찬가지다.

사람은 시간이 영원한 줄 안다. 머리로는 영원하지 않다는 걸 알고, 훗날 반드시 죽을 것을 알아도 막상 하는 행동을 보면 영원히 살 것처럼 군다.

시간은 어느 순간 흘러가 버려서 두 번 다시 돌아오지 않는다. 그 시절에, 그 나이에, 그 사람과 함께할 수 있는 순간은 오직 그때의 지금뿐이다. 매 순간이 소중한 이유다.

망설이는 행위는 시간을 잃는 것이고, 꽃피울 수 있었던 감정을 잃는 것이고, 내 인생의 한 장면을 잃는 것이다. 똑같이 후회하더라도 안 하고 후회하느니, 하고 후회하는 것이 낫다.

접으려면 마음을 접지 말고 망설임을 접어야 한다. 마음은 돌고 돌아 배배 꼬는 것이 아니라, 직선으로 잇는 것이다.

긍정적인 것보다
중요한 것

❄

긍정보다 부정하지 않는 것이 더 중요하다. 부정적인 사람과 생각은 멀리하는 게 좋다. 부정적인 사람과 대화해 보면 어떤 이야기를 하더라도 말문이 막힌다.

도전에 관한 이야기를 꺼내면 '이건 이래서 안 될 것'이라 하고, 꿈에 관한 이야기를 꺼내면 '저건 저래서 어렵다'고 한다. 이런 말을 들으면 김이 샌다.

부정적인 사람의 생각과 말이 나의 행동력과 의지를 꺾기 때문이다. 말이 씨가 된다는 말이 예로부터 전해져 내려온 것에는 이유가 있다.

셀 수 없는 경험이 쌓여서다. 부정적인 말을 하고 그대로 부정적인 인생을 사는 사람이 많다는 사실을 우리는 경험을 통해 알고 있다.

그렇다고 무조건 긍정하는 것도 좋지 않다. 무조건적인 긍정은 합리화와 현실 왜곡의 함정에 빠진다. 제대로 노력하지 않으면서 그저 긍정하는 합리화는 좋지 않은 현실을 좋은 것이라 우기는 것과 같다.

가짜 긍정은 훗날 반드시 더 큰 실망과 좌절로 돌아온다. 긍정하는 것보다 중요한 건 부정적인 사람이 되지 않는 것이다.

애써 긍정할 것도 없이 부정적인 말과 행동을 하지 않는 것만으로도 좋은 생각과 의지를 지킬 수 있고 하루하루가 나아진다.

자신을
믿어야 한다

✳

자신을 믿어야 한다. 나 자신을 믿고 싶지 않을 때조차 믿어야 한다. 스스로 한심하게 느껴지고, 외모가 마음에 안 들고, 자존감이 바닥 치고, 실패 끝에 좌절하고, 자신이 너무 싫을 때도 나는 나를 믿어야 한다.

믿음은 사람이 가진 힘 중에 가장 강력한 힘의 원천이기 때문이다. 괜히 믿음을 바탕으로 만들어진 종교가 전 세계적으로 퍼져있는 것이 아니다.

미국 여론조사기관 퓨리서치센터의 통계에 따르면 종교인은 세계 인구의 80%가 넘는다. 약 70억 인구 중 50억이 넘는 인구가 종교를 믿고 있다.

셀 수도 없는 사람들이 믿음을 가지고 무언가를 따르고 있다는 얘기다. 이런 기적이 가능한 건 오직 믿음밖에 없다. 믿음엔 말로 설명할 수 없는 강력한 힘이 있다.

자신을 믿자. 수많은 사람이 눈에 보이지 않는 존재도 믿고 있는데, 눈앞의 거울에 보이는 존재를 믿지 못할 이유는 없다. 믿는 훈련도 좋다. 의도적으로 믿어도 좋다.

믿는 것처럼 행동해야 한다. 설득해서라도 믿어야 한다. 무슨 일을 하든 어떤 상황에서도 자기 자신을 굳게 믿는 것이다.

믿음은 순수한 힘 그 자체다.
그 힘이 나를 살리고 움직인다.

생의 증명

기억이 나지 않는 것은
살지 않은 것과 같다.
기억이 나는 것은
살아있는 것과 같다.

남은 기억만이 생을 증명한다.
기억 속에 온통 네가 있다.
너의 여러 모습이 기억난다.
순간의 마음마저 느껴질 만큼.

어린 날의 너와 나도
늙어버린 나와 너도
생생하게 살아있다.
죽는 날까지 나는 너와 살았다.

나의 열정이
곧 나를 결정한다

❄

　나의 열정이 곧 나를 결정한다. 사람이 살면서 가장 빛나는 때는 성공했을 때도, 돈을 많이 벌었을 때도, 인지도가 높아졌을 때도, 인정받고 상을 받았을 때도 아니다.

　열정이 가득했던 시절 그 자체다. 열정적으로 사랑하고, 열정적으로 도전하고, 열정적으로 살던 시절 말이다. 목표나 뜻한 바를 이룬 사람은 마치 바람 빠진 풍선처럼 해이해지곤 한다.

　열정을 잃어서 그렇다. 목표를 향해 앞만 보고 달리다가 이루고 나니 더는 열렬한 애정을 가지고 열중할 일이 없어진 것이다.

사람은 누구나 열정적인 사람을 좋아한다. 열정적인 배우의 연기에 빠져들고, 열정적인 가수의 공연에 감동하고, 열정적인 스포츠 선수의 경기에 열광한다.

사람의 마음을 움직이는 것은 열정이다. 뜨거운 마음이 설득력을 가지고 있다. 작은 습관과 말투와 행동까지 열정적인 사람은 존경받는다.

타인의 존경뿐만 아니라, 자신도 스스로를 존경하게 된다. 내 앞에 가장 떳떳한 모습이기 때문이다.

열정을 찾아야 한다.
가슴 뜨겁게 살자.

일의 효율을
높이는 방법

❄

　가장 하기 싫은 것을 가장 먼저 하자. 사람은 해야 할 일 중에 가장 하기 싫은 일을 뒤로 미루는 습관이 있다. 발상을 전환하여 반대로 하면 작업 효율이 매우 높아진다.

　개인이 하루에 쓸 수 있는 에너지는 한정적이다. 일을 시작할 때 체력과 정신력이 가장 충만한 법. 가장 하기 싫은 일을 제일 먼저 처리하면 싫은 마음과 스트레스를 이겨낼 힘이 있다.

　싫은 일을 먼저 처리하면 나머지 일이 수월해진다. 업무, 하루 일과, 한 달 계획 등 자신이 꼭 해야 하는 일 중 하기 싫은 일이 무엇인지 알아야 한다.

싫어하는 일을 파악했다면 우선 순위로 정하고 먼저 처리한다. 물론 처음엔 괴롭다. 참고 견디면서 하다 보면 이것이 얼마나 효율적인 일처리인지 알 수 있다.

결국 똑같은 일을 하는 것인데 가장 꺼리는 일을 마지막까지 남겨두면 앞의 수월한 일을 처리하는 동안에도 계속해서 압박감을 받기 때문이다.

습관으로 만들면 더욱 좋다. 작업 속도가 빨라지고 그만큼 소모되는 시간을 아낄 수 있다. 무엇보다 일에 대한 스트레스를 줄일 수 있다는 것이 큰 장점이다.

성실함과 발전을
혼동한다

❄

발전과 성실을 혼동하면 안 된다. 성실하기만 하면 발전하는 것으로 아는 사람이 의외로 많다. 성실함은 발전에 반드시 필요하지만, 그것만으로는 발전하지 않는다.

발전은 그리 어려운 것이 아니다. 어제보다 나은 나 자신이면 된다. 성실한데도 자꾸만 실패하는 이유는 다시 도전할 때, 과거와 똑같은 상태로 도전해서 그렇다.

실패했으면 고칠 점을 찾아야 한다. 단지 아는 것에 그치면 안 된다. 문제점을 고쳐야만 한다. 그 문제를 되풀이하지 않을 방법과 다시 비슷한 상황일 때의 대처를 몸에 익숙해질 정도로 익혀야 한다. 그래야 달라진 상태가 되는 것이다.

일에 실패했을 때 문제를 파악하지 않고, 그 문제를 고치지도 않고, 다른 일을 시도하면 똑같은 결과가 나온다. 다른 분야라고 달라지는 건 없다. 내 문제를 고치지 않았기 때문이다.

고객 응대 방법을 고치든, 사업 비법을 배우든, 면접 노하우를 익히든, 하다못해 인상을 가꾸든. 무언가 하나라도 변한 것이 있어야 한다.

항상 과거의 자신보다 비교우위에 있어야 한다.
그것이 발전이다.

모든 것은
양자택일이다

❄

　모든 건 하느냐, 하지 않느냐의 선택일 뿐이다. 고민이 앞서면 단순한 것도 복잡해진다. 다양한 상황을 추측하면서 자연스레 두려움이 생긴다. 각 상황에 대한 가정이 생기고 불안감이 커진다.

　두렵고 불안하니 주저하게 되고, 갈수록 용기가 사그라든다. 복잡한 심경이 머릿속을 어지럽히지만, 막상 하는 행동을 보면 하는 것과 하지 않는 것 양자택일이 전부다. 어렵게 생각할 일이 아닌 셈이다.

　하는 쪽이 더 손해일지, 하지 않는 쪽이 더 손해일지 따지고 피하려는 것이 망설임의 원리다. 망설이지 않으려면 둘 중 무얼 택해도 내 의지대로 결정한 나의 선택임을 이해하고 있어야 한다.

선택의 주인이 되는 것이다. 압박감과 조급함에 떠밀리듯 선택하는 것은 제대로 된 선택이 아니다. 그런 상태로는 맞는 길을 선택했더라도 계속해서 불안정하다.

조금만 흔들려도 이 길이 아닌가 하는 의심과 다른 길을 선택했으면 어땠을까 하는 생각이 머리를 떠나지 않기 때문이다. 하든, 하지 않든 당신의 선택이다. 당신의 의지로 선택의 주인이 된다면 흔들림이 없다.

삶을
바꾸는 핵심

❄

작은 노력이 필요하다.

보통 거창하고 대단한 노력을 해야 무언가를 이룬다고 생각하는데 착오다. 실제로는 자잘한 노력이 눈처럼 쌓여 결과를 만든다. 작은 모래 알갱이가 모여서 사막과 산을 이루고, 한 방울의 물이 모여서 강과 바다를 이룬다. 이처럼 작은 노력의 땀방울이 모여서 삶과 꿈을 이룬다.

악바리 근성이 필요하다.

악에 받쳐 악착같이 악바리로 해내는 끈기. 결과는 끝을 보기 전까지 나오지 않는다. 가만 보면 공부든, 운동이든, 꿈이든 중도에 포기하는 사람이 절대다수를 차지한다. 중간에 아무리 포기하고 싶어도 절대 포기하지 않고 끝장을 보는 악바리 근성이 있으면 자연히 차별화가 되고 삶을 바꿀 수 있다.

근거 없는 자신감이 필요하다.

진짜 자신감은 근거 없는 자신감이다. 자신감에 이유를 찾는 것이 더 이상한 일이다. 내가 한 일이 자신감이 되어선 안 된다. 자기 자신의 존재 자체가 자신감의 근거여야 한다. 내가 한 일이 망했든 성공했든 그건 내가 행한 일일 뿐이다. 자신에게 확신을 가지는 자신감이야말로 삶을 바꾼다.

제대로
쉬는 법

❄

집안일을 미루지 않는다. 청소, 빨래, 설거지는 쌓아뒀다가 하는 경우가 많다. 특히 게으른 완벽주의자일수록 그런 경향이 있다. 완벽하게 대청소를 하려고 자꾸만 미루는 것인데 좋지 않다. 집안일은 깔끔한 모습을 보여주기 위해서 하는 것이 아니라, 온전한 휴식을 취하기 위해 해야 하는 것이다.

학생 때 숙제가 밀려 있는 상태로 놀면 아무리 즐기려고 해도 마음 놓고 놀지 못한 경험이 있을 것이다. 이처럼 집안일이 쌓여있으면 늘 마음 한구석이 찜찜해서 제대로 쉬지 못한다. 막상 매일 해보면 대청소처럼 완벽하게 할 필요가 없다. 짧은 시간만으로 정리할 수 있고 찜찜함 없이 푹 쉴 수 있다.

주기적으로 '멍 때리기'를 한다. 불멍, 물멍, 숲멍이란 말이 유행하는 것은 이유가 있다. 아무 생각 없이 넋 놓는 것이 뇌의 피로를 푸는 데 큰 도움이 되기 때문이다. 뇌는 인간이 태어나 죽을 때까지 단 한 번도 쉬지 않는 가장 바쁜 기관이다.

잠잘 때도, 휴식할 때도 뇌는 계속 돌아가니 피로할 수밖에 없다. 다만 뇌를 자극하는 전기신호를 현저히 줄일 수는 있다. 바로 멍때리기다. 최대한 시각과 청각을 차단한 채 아무 생각 없이 몸에 힘을 푸는 행위가 뇌를 제대로 쉬게 한다.

자도 자도 피곤할 땐 이유가 있다. 쉬는 것을 제대로 쉬지 않아서다. 머릿속에 더는 아무것도 들어오지 않을 때도 뇌에 과부하가 걸려서 그렇다. 다를 거 하나 없는 날인데 이상하게 일이 잘되고 머리가 잘 돌아가는 날이 있다. 자신도 모르게 제대로 쉰 다음 날인 경우가 많다.

계속
발전하는 법

❄

성공하는 사람이 되려면 성공을 보지 않고 성공을 만든 노력을 봐야 한다. 웃긴 건 성공은 따라 하고 싶으면서 성공한 사람이 실천한 노력은 따라 하지 않는다는 점이다. 부자의 삶, 집, 차, 돈엔 관심이 무척 많은데 정작 부자가 되려고 힘들게 고생한 노력엔 관심이 없다.

자수성가한 사람도 처음에는 평범했다. 그가 성공하고 부자가 되기까지 어떤 노력을 했고, 어떻게 살았는지를 보고, 배우고, 따라 해야 한다. 그게 핵심이다. 노력도 안 하면서 결과만 바라는 건 양심이 없는 짓이다.

욕망에 솔직해야 한다. 욕망에 빠져 법과 도덕을 어기란 말이 아니다. 지킬 건 지키면서 돈을 많이 버는 사람은 돈을 많이 벌고 싶은 욕망에 솔직할 줄 아는 사람이다.

마찬가지로 성공에 대한 야망이 가득한 사람이 빠르게 성공한다. 욕망에 솔직할수록 강한 추진력이 생기기 때문이다.

똑똑한 경험에 투자해야 한다. 경험은 훗날 어떤 형태로든 반드시 도움이 된다. 다만 똑똑하게 경험해야 한다. 멍청한 경험은 후회만 하는 것을 말한다. 경험했음에도 다음에 어떻게 대처할지를 생각하지 않는다. 그런 경험은 무한히 반복해도 소용없다. 무엇 때문에 경험했고, 실패했다면 왜 실패했고, 성공했다면 왜 성공했는지 스스로 분석하고 이해하고 대처법을 찾아야 발전한다.

현명한 사람이
유지하는 태도

❄

감정이 태도가 되지 않는다. 나의 감정에 따라 상대를 함부로 대하지 않고 상대가 감정적으로 나를 대해도 휘둘리지 않는다. 차분하게 일관성을 유지하는데 이는 대인관계에 있어 현명한 처신이다.

거절할 줄 안다. 싫은 건 싫다고 표현한다. 아닌 건 아니라고 한다. 상대의 의사를 나의 의사로 혼동하지 않는다. 상대가 누구든 내 인생의 중심은 언제나 나임을 어떤 상황에서도 잊지 않는다. 다만 상대가 기분 나쁘지 않게 거절한다.

서두르지 않는다. 조급하면 오히려 망친다는 사실을 안다. 일이든 관계든 아무리 급해도 여유롭게 생각한다. 그리고 자극적이지 않다.

자극적인 말과 행동을 피한다. 극단적으로 생각하지 않고, 폭력과 거리가 멀고, 욕설도 가급적 입에 담지 않는다. 언제나 담백하고 담담한 것이 최고임을 알기 때문이다.

아는 것을 아는 것에서 그치지 않고 자신의 태도에 녹인다. 입과 머리로 아는 사람은 넘치도록 많지만, 태도로 유지하는 사람은 귀하다.

시간이 갈수록
잘되는 사람

❄

1. 인성이 좋은 사람

인성이 좋으면 주변에 사람이 모인다. 뭐든지 결국은 사람이 하는 일이다. 사람이 모일수록 사회적으로, 경제적으로 힘을 발휘한다. 사람을 움직이는 이 힘은 시간이 갈수록 강력한 경쟁력이 된다.

2. 이름을 거는 사람

자기 이름을 걸고 활동하는 사람은 최선을 다하게 된다. 대표적으로 백종원이 있다. 해외의 유명인사도 마찬가지다. 공개적으로 자기 이름을 걸면 부끄럽지 않기 위해서 항상 긴장하고 독하게 노력한다.

3. 자기 계발하는 사람

자기 능력이 자신을 대표하는 걸 알기에 능력을 먼저 키운다. 능력 있는 사람은 누구에게나 인정받고 어디를 가도 환영받는다. 시간과 돈을 엉뚱한 데 쓰지 않고 자기한테 투자할 줄 안다. 사치나 명품에 낭비하는 것이 아니라, 책, 강연, 강의, 컨설팅, 코칭, 자격증, PT 등. 자기 계발에 적극적으로 투자한다.

이런 사람과 아닌 사람의 차이는 처음엔 아주 작다. 한데 가면 갈수록 차이가 점점 벌어진다. 시간이 흐르면 그 차이는 더욱 커진다. 몇 년 후에는 절대적 차별화가 된다. 갈수록 잘될 수밖에 없는 이유다.

시간이 가면
망하는 사람

❄

1. 무례한 사람

평소 무례한 사람은 알게 모르게 계속 적을 만든다. 그가 잘 되길 바라기보다 망하길 바라는 사람이 갈수록 많아진다는 의미다. 그동안 당한 사람은 잊지 않고 있다가 기회가 오면 한 마디라도 거든다. 망하는 쪽으로.

2. 인색한 사람

남한테 돈을 쓰지 않는 사람은 남들보다 단기간에 재물을 모으는 대신 인망을 잃는다. 사람이 모여야 성공할 수 있는 게 세상의 이치인데 혼자만 살려고 드니 한계가 명확하다. 주변에 사람이 없으니 한 번만 잘못 삐끗하면 모든 것이 무너진다.

3. 게으른 사람

삶의 대부분 문제는 게을러서 생긴다. 미루면 당장은 괜찮아도 반드시 후회할 때가 온다. 공부를 미루면 성적이 문제, 운동을 미루면 건강이 문제, 꿈과 목표에 대한 노력을 미루면 그를 이루는 시기에 문제가 생긴다. 그동안 나이를 먹거나 환경이 나빠진다. 게으름은 문제를 한없이 축적하므로.

이런 경우, 몇 년 정도로는 딱히 티가 나지 않는다. 그래서 자신이 그러고 사는 줄도 모른다. 세월이 10년 이상 쌓이면 그제야 확연히 드러난다. 시간이 지나 망하고 연락이 끊기는 사람은 이런 경우가 많다.

사람이 빛나
보이는 순간

❄

사람이 빛나 보일 때는 무언가에 집중할 때다. 자기 일에 몰두하고 집중 했을 때 사람이 멋있어 보인다. 완전히 몰입한 모습은 상대에게 묘한 감동을 주는 구석이 있다.

실존하는 사람처럼 연기하는 배우에게 반하고, 무대에 빠진 가수의 노래에 감동하고, 최선을 다하는 운동선수에게 감격하는 것도 이와 같은 원리다.

어른스러울 때도 사람이 빛이 난다. 생각지도 못한 관점에서 보다 멀리, 넓게 본다. 그런 관점을 접했을 때 나이와 무관하게 이 사람은 나보다 성숙한 사람이란 것을 느끼고 존경하게 된다. 관점에서 그치지 않고 행동도 실천하는 사람이라면 더할 나위 없다.

곁의 소중한 사람을 지킬 때 역시 후광이 비친다. 자신이 비난받는 것은 괜찮아도 소중한 사람이 비난받는 것은 참지 못한다. 누군가가 소중한 사람에게 손가락질하면 앞장서서 막는다. 자신이 보기엔 정말 좋았다고 되레 칭찬한다. 무슨 일이 있어도 소중한 사람의 자존감을 지켜준다.

이런 사람은 어디를 가도 빛이 난다. 처음에는 주위에서 몰라봐도 결국에는 드러나는 흙속의 진주처럼. 인간성이 빛나는 사람이 가장 멋있는 법이다.

사람의 밑바닥이
드러나는 순간

❄

필요할 때만 찾는다. 평소에는 연락 한 번 없다가 꼭 아쉬울 때 연락하고는 이것 좀 도와달라, 저것 좀 해달라고 요구한다. 선의로 돕는 것도 서너 번이다.

돕는 만큼 쉬는 걸 포기하고 일이 늘어나는 건데 그걸 모른다. 정작 본인은 내 일을 먼저 나서서 도운 적도, 금전적으로 보상한 적도 없다.

거기다가 다른 사람이 사는 것을 당연하게 안다. 술자리와 같은 모임에서 '누구누구가 산다'라고 선동하여 계산해야 하는 분위기를 만든다.

가만 보면 본인은 사지도 않으면서 다른 사람이 사는 건 만만하게 여긴다. 사더라도 내 의지로 사야 기분이 좋은 것이다. 왜 타인의 지갑을 자기 지갑처럼 함부로 입을 놀리나.

소개를 집요하게 바랄 때도 있다. 기회만 생기면 이성을 소개해달라, 누구를 연결해달라며 바란다. 상대방이 소개하지 않는 것은 그만한 이유가 있는 법이다.

무언가를 해 줘야만 유지되는 관계라면 끊어내는 것이 옳다. 호의를 권리로 아는 사람은 지인이 아니라, 기생충 같은 존재다. 얕은 사람은 시간이 지날수록 인성이 가뭄처럼 말라붙어서 밑바닥이 훤히 드러난다.

항상 존중받는
사람은

❄

1. 생각과 행동이 바른 사람
2. 눈치가 빠른 사람
3. 같은 말도 기분이 나쁘지 않게 하는 사람
4. 침묵을 금으로 아는 사람
5. 실력을 중요시하는 사람
6. 타인을 배려할 줄 아는 사람
7. 틀린 것이 아니라, 다른 것임을 아는 사람
8. 자기 고집만 부리지 않는 사람
9. 말하기보다 듣기를 잘하는 사람
10. 정신적인 면이 여유로운 사람

현재 존중받지 못하는 삶을 살고 있다면 무엇보다 자기 자신부터 바뀌어야 한다. 어제와 똑같이 살거나, 오늘부터 다르게 살거나.

삶을 바꾸려면 오늘 실천하는 것만이 유일한 답이다. 오늘 일을 내일로 미뤄도, 막상 내일이 되면 또다시 오늘이기 때문에 내일은 영원히 오지 않는다. 영원히 오늘만 있을 뿐이다.

따라서 자신을 바꾸려면 지금 움직여야 한다. 생각이 길어지면 용기가 짧아진다. 고민이 길어질수록 그만큼 내게 남은 시간도 사라지는 것이다.

나는 자기 자신과 자기 인생을
바꿀 수 있는 유일한 사람이다.

용서가
안 되는 사람

❄

1. 힘들 때 떠난 사람

곁에서 돈이나 이득을 노리던 사람은 어려울 때 가면을 벗는다. 개중에는 절대 아닐 것 같았던 사람도 있다. 힘든 상황에서도 곁을 지키는 진국은 몇 없다. 빈 쭉정이 같은 이를 걸러낼 좋은 기회다.

2. 내면이 천박한 사람

마음이 가난하고 생각이 촌스럽다. 겉이 화려하고 아무리 뛰어난 능력이 있어도 속이 천박하면 돼지 목에 진주 목걸이다. 외면이 특출나지 않아도 빛이 나는 사람을 보면 하나같이 내면이 실하고 세련됐다.

3. 믿었더니 배신한 사람

믿고 정을 줬더니 뒤통수치는 인간은 용서해 주어도 또 그런다. 한 번 배신한 자가 계속해서 배신하는 법이다.

사람은 고쳐 쓰는 게 아니란 말이 이유 없이 유명해진 것이 아니다. 배신하지 않는 사람들의 유일한 공통점은 처음부터 끝까지 배신을 모른다는 점이다.

겉모습만 보고 판단하는 건 인간의 본성이다. 그러나 시간이 흐를수록 본성보다 이성과 감성으로 상대를 파악한다. 그때 상대의 내면을 알게 되고 어떤 사람인지 알 수 있다.

삶을 이끄는
긍정적 말투

❄

"안 된다."가 아니라, "된다." 잘되려면 안 된다는 부정적인 말투부터 버려야 한다. 안 될 사람과 될 사람이 따로 정해져 있는 것이 아니다.

빠르게 잘되는 사람과 천천히 잘되는 사람이 있을 뿐이다. 처음부터 잘되면 좋겠지만, 그런 타고난 운은 극소수에 불과하다. 대다수는 나중에 잘된다.

나중에도 안 되는 사람은 포기한 사람이다. 하다가 도중에 안 될 것이라고 여긴다. 그 이후로는 특별히 노력하지 않고 시간만 축낸다.

계속 안 되다가 결국 되는 사람은 포기를 모르는 사람이다. 된다고 생각하고, 잘 될 것이라 말하고, 끝까지 노력하여 최선을 다한다.

여기서 포기란 한 분야만 뜻하는 게 아니다. 아무것도 하지 않는 것을 의미한다. 처음에 선택한 분야가 아니어도 다른 분야에서 충분히 잘될 수 있다.

말투는 표지판과 같다. 인생을 이끄는 방향이다. 먼저 생각이 앞장서고, 말투가 이끌고, 행동과 실천으로 현실이 된다.

평생 상처로 남는 말과
등불처럼 힘이 되는 말

❄

1. 너는 겨우 그거밖에 못 해?
- 너는 충분히 잘하고 있어.

2. 누굴 닮아서 그 모양이니?
- 누가 뭐래도 자랑스럽다.

3. 넌 몰라도 돼.
- 네가 이해할 수 있는 상황이 되면 그때 천천히 알려
줘도 될까?

4. 네가 대체 잘하는 게 뭐야?
- 잘하는 것만 멋진 게 아니야. 네가 해온 노력이 멋있
어.

5. 뭐가 그렇게 예민한데?
- 공감 능력이 뛰어나서 그래. 너의 장점 중 하나야.

6. 뭘 잘했다고 툭하면 우냐?
- 감수성이 풍부하고 솔직한 거야. 너의 큰 매력이지.

　평생 상처로 남는 말을 살펴보면 말 자체도 나쁘지만, 캐묻듯이 추궁하는 방식임을 알 수 있다. 상대가 가족이건, 연인이건, 친구이건. 입은 험해도 마음은 진심으로 아끼니까 됐다고 생각하는 경우가 대다수다.

　진심이면 다 통할 거로 생각하는 편협한 사고방식. 정말 진심이라면 어째서 전달 방식을 고민하지 않는가. 여태껏 매우 잘못된 방식으로 진심을 전달하고 있었다.

무섭지 않아? 뭐가.
앞에 폭포가 있을지, 바다가 있을지 모르잖아?
괜찮아, 삶이 그런 거지.
걱정이 안 돼? 응, 네가 내 옆에 있잖아.
너랑 살다가는 인생이면 잘 산 거지 뭐.

지혜로운 사람이
규칙적으로 생활하는 이유

❄

하나, 규칙적인 하루를 살아야 삶이 뜻대로 통제된다.
둘, 기분에 따라 낭비하는 인생의 손실을 막는다.

기분이 나쁘면 아무것도 하기 싫은 게 사람이다. 내키
면 하고 아니면 미루고. 그럴수록 감정도, 일의 결과도 기
복이 생기고 갈수록 심해진다.

스스로 정한 규칙이 이러한 기복을 안정화한다. 무기
력하고 우울한 감정이 삶을 방해하는 것을 막아 준다. 생
활 패턴을 지키는 것이 자기 감정을 컨트롤할 수 있는 도
구가 되는 셈이다.

하루의 생활을 다스릴 줄 알면 자기 자신을 다스릴 줄 아는 것과 같다. 인생을 내 의지대로 통제하는 건 하고 싶다고 하루아침에 되는 것이 아니다. 이런 연습이 되어야 인생에서 방황하지 않고 앞으로 나아갈 수 있다.

　방황은 쉽지만, 통제는 어려운 법이다. 조바심을 내다가 일을 그르치지 말길. 계단을 오르듯 하나씩 밟아나가면 어느새 꼭대기에서 풍경을 보듯이 하루하루가 눈에 들어오고 뜻대로 움직일 수 있게 된다.

말 잘하는 사람
특징 9가지

❋

1. 요점만 짧게 얘기한다. 서론을 길게 늘어놓거나, 장황한 설명을 하지 않는다. 본론만 요약하여 짧게 말한다.

2. 이유, 근거를 댄다. 이유가 없는 말은 논리적이지 못하다. 근거 없는 주장은 혼자만의 착각에 불과하다는 걸 안다.

3. 적절한 예시를 든다. 예를 들어서 알맞은 비유를 하거나 알기 쉽게 비교를 한다.

4. 상대방 말을 경청한다. 말을 잘하려면 먼저 잘 들어야 한다. 대화의 기본은 상대방을 향한 존중이기에.

5. 말을 끊지 않는다. 상대의 말을 계속 중간에 끊는 짓을 하지 않는다. 존중의 기본적인 태도란 것을 안다.

6. 과하지 않다. 오버하지 않고, 아는 척하지 않고, 지어내지 않고, 흥분하지 않는다. 담백하려고 노력한다.

7. 선을 지킨다. 절대로 무례한 말을 하지 않는다. 항상 말을 가려서 하고 상대에게 실례가 되는 말을 조심한다.

8. 오지랖, 참견, 충고, 조언하지 않는다. 쓸데없는 참견을 결코 하지 않는다. 이런 말은 상대가 원해서 스스로 요청할 때만 한다.

9. 말이 새지 않는다. 말을 못 하는 사람은 대화하다가 가지치기하거나 옆길로 새서 딴 얘기를 한다. 말을 잘하는 사람은 주제를 벗어나지 않는다.

절대 놓치면
안 되는 사람

❄

1. 안정감을 주는 사람
2. 자존감을 지켜 주는 사람
3. 말과 행동이 일치하는 사람
4. 마음이 놓이는 사람
5. 기쁠 때, 자기 일처럼 기뻐해 주는 사람
6. 힘들 때, 끝까지 곁에 남는 사람
7. 선을 넘지 않는 사람
8. 잘못은 인정하고 사과하는 사람
9. 보답할 줄 아는 사람
10. 먼저 나눌 줄 아는 사람
11. 무조건 내 편인 사람
12. 지금 떠오른 그 사람

스스로가 떠오른다면 잘 산 인생이지만, 이는 다른 사람이 떠올려야 의미가 있는 것이라 자신이 떠오른 건 의미가 없다.

이처럼 다른 사람에게 생각나는 사람이 되는 것이 좋다. 내가 먼저 그런 사람이 되면 내 주변에도 이와 같은 사람이 자연스레 많아질 테니까.

　　만약 성격상, 사정상 그러기 어렵다면 적어도 먼저 나에게 다가와 그런 사람이 되어 준 이에게 고마워하고 최선을 다해 보답할 줄 알아야겠다.

　　그런 사람은 알게 모르게 행복을 가져다 준 사람이기에. 좋은 사람에게 나 역시 좋은 사람이 되는 일이고, 삶을 아름다운 색으로 함께 물들이는 일이기에.

자존감을 스스로 낮추는 말투

❄

첫째, 반사적으로 사과한다.

툭하면 미안하다고 한다. 반사적으로 사과부터 나온다. 쉽게 사과하는 것이 반복되면 오히려 쉽게 신뢰를 잃는다. 실수나 잘못했을 때 중요한 건 사과가 아니라, 두 번 다시 되풀이하지 않는 태도다. 사과는 진심을 담아서 한 번으로 끝내고 반복하지 않게 문제점을 고쳐야 한다.

둘째, 자주 의존한다.

항상 고민이 많고 자주 물어본다. 주위 사람한테 의존도가 높다. 매사에 물어보는 말투와 별거 아닌 일까지 심각하게 고민하고 털어놓는 모습은 줏대 없어 보일 수 있다. 웬만한 고민은 알고 보면 혼자서도 충분히 해결이 가능하다. 중대한 문제와 고민만 물어보고 의지하는 것이 좋다.

셋째, 거절을 어려워한다.

거절한다고 미움을 사는 게 아니다. 관계가 끊어지는 것도 아니다. 겁먹을 필요 없다. 만약 이런 일로 미워하거나 관계를 끊을 사람이라면 하루빨리 끊어야 더 이로울 관계다. 일단 거절한 후, 사정이 안 되는 이유를 차분히 설명하면 된다. 아주 작은 용기만 있으면 된다.

자존감을 스스로 낮추는 말투를 멈추고, 자기 비하와 자기 부정을 멈추자. 내가 나를 믿지 않으면 온 세상이 적이 된 기분으로 살아야 한다. 타인의 것은 과대평가하고 내 것은 과소평가하는 안 좋은 습관을 버려야 한다.

※

"이딴 건 왜 만드는 거야? 누가 사주기나 한대?"

옥박지르며 구박하는 가족. 벌써 몇 차례나 반복된 구
박이다. 아직 제대로 된 판매 실적이 없었던 그녀는 대꾸
할 말이 없었다. 설움이 복받쳐서 눈물이 터져 나왔지만,
우는 모습까지 보이긴 싫어서 입술을 꽉 깨물었다. 어찌
나 세게 깨물며 버텼는지 입술 사이로 피가 났다. 눈물을
대신이라도 하듯 빨간 피가 방울방울 떨어졌다.

그녀에겐 작은 꿈이 있다. 손수 만든 꽃으로 생계에 보
탬이 되는 것. 그녀는 꽃을 무척 좋아했다. 꽃을 보면 마
음이 진정되고 형형색색의 아름다움에 금세 퐁당 하고
빠져버렸다.

특히 보존화를 좋아했는데 '프리저브드 플라워'라 불리는 보존화는 생화를 특수 처리하여 형태를 3년 이상 그대로 유지하는 꽃이다. 그러나 그녀는 장사에 소질이 없었다.

마음이 여렸기 때문이다. 보존화를 만들려면 비싼 돈을 주고 생화와 재료를 사서, 그 생화를 갖가지 특수한 보존 처리를 하고, 일일이 다시 바구니나 상자 모양에 맞게 재배치해서 꾸며야 했다.

생화는 1주일이면 시들지만, 보존화는 3년 이상 유지가 가능했다. 생화로 3년을 유지하려면 몇 번이나 생화를 사야 할까. 비교가 불가능했다. 그런데도 그녀는 주변의 "꽃이 뭐 이리 비싸냐"는 한 마디에 생화 값만 받고 넘기기 일쑤였다.

그러려면 시간과 정성도 많이 들었고, 재료값도 만만치 않았다. 팔 때마다 재료비와 인건비도 못 건지고 적자를 보는 사업이었다.

조금이라도 남기고 팔아야 하는데 마음이 약해서 비싸단 말에 '다음에 또 찾아주겠지'하면서 넘기고 말았다. 그러니 별수 없이 생계에 보탬이 되기는커녕 도리어 짐이 되어 버렸다.

그녀는 어린 자식도 있었다. 아들 둘에 딸 하나. 아이들답게 매일 밥을 달라고 조르고, 간식을 달라고 조르고, 밖에 놀러 나가자고 조르고, 어몽어스 캐릭터 베개를 만들어 달라고 조른다. 그러면 그녀는 매일 밥을 차려주고, 간식을 주고, 데리고 나가 놀아주고, 어몽어스 캐릭터를 손수 자수를 놓아 베개를 만들어주었다.

그런 자식이 무려 셋. 셋이 만들어내는 설거지와 빨래와 집안일은 양이 많아 끝이 없다. 그녀는 무한한 집안일도 해내며, 틈틈이 시간을 짜내어 꽃을 만들었다. 꽃을 팔기 위해 밤잠을 쪼개가며 공부하고 인스타그램 계정도 만들었다.

하지만 그런 노력이 무색하게 여전히 손님은 없었다.

꿈을 품고 도전한 지 어느덧 1년. 아직도 세상에서 알아주는 이는 없었다. 가족마저 손가락질하며 무시했다. 그녀는 매일매일 고된 일상을 반복했고, 몹시 외롭고 불안했다.

그럼에도 불구하고 그녀는 용기를 잃지 않았다. 그럴수록 집안일과 수제 꽃을 만드느라 성치도 않은 작은 손을 더 세게 꼬옥 하고 쥐었다. 그녀는 지지 않았다. 핀잔과 무관심 속에 설움을 느끼며 하루가 멀다고 눈물이 솟았지만, 꿈을 놓지 않았다. 모든 것을 놓아버리고 싶을 때마다 그녀는 꽃잎을 만지작거렸다. 그런 그녀를 보고 꽃이 활짝 웃었다.

마치 그녀가 해이고,
손수 만든 꽃이 해바라기인 거처럼.

❄

100년도 더 전인 1900년대 초. 한 해외 기자가 조선에 방문했다. 외국인인 그도 당시 서울 한양의 모습이 신기했는지 무척 많은 풍경을 촬영했다.

그의 사진은 비교적 최근에서야 복원이 되어 한국에 알려졌다. 덕분에 인터넷으로 생생한 조선 시대의 사진을 쉽고 편하게 접할 수 있었다.

내가 본 자료는 인공지능 기술을 적용하여 컬러로 복원한 사진이었다. 그동안 오래된 옛날 사진이란 흑백인 것이 상식이었다.

어릴 때 교과서나 티브이에서 봤던 옛날 사진들도 전부 흑백이었다.

흑백으로밖에 볼 수 없어서 항상 와닿는 느낌이 부족했다. 현실이 아니라, 잘 묘사한 그림처럼 느껴졌달까.

조선 시대의 사람과 풍경을 풍부한 색감으로 보게 되자 기분이 이상했다. 심지어 100년도 넘은 사진이다. 그 시절 사진이 존재했다는 사실만으로도 놀라운데 컬러라니, 믿기 어려웠다.

역사로 배우던 풍경을 실제로 생동감 있게 보니 신기하면서도 동시에 쓸쓸했다. 살아보지도 못한 시대인데 깊은 추억에 젖는 감각이다. 처음 느껴보는 오묘한 기분이었다.

갓을 쓴 양반과 선비부터 평민이라 일컫는 일반 국민, 가마를 지고 있는 노비까지. 신분이 존재하는 계급 사회의 국가가 조선의 모습이었다.

서울의 풍경도 볼만했다. 산성은 빼뚤빼뚤했고 기와집과 초가집들도 제멋대로 지어져 있었다.

모든 건축물이 현대의 그것처럼 반듯하지 않았다. 그나마 반듯하게 지어진 건 남대문과 궁궐 정도였다.

그러다 한 사진에 눈이 멈췄다. 어느 이름 모를 지게꾼이 쑥스러운 얼굴로 찍힌 사진인데 어디서 많이 본 것 같은 사진이었다. 수풀을 배경으로 찍은 사진인데 그 광경이 아주 익숙했다.

우리 집 뒷산의 풍경과 같았다. 일반적으로 산에 가면 흔히 볼 수 있는 수풀 말이다. 사진 속의 수많은 풀이 평소 무심히 지나치며 보던 풀이랑 똑같았다.

위화감이 들었다. 한 세기 전 시대의 사진인데 어째서 현시대의 내가 보는 것과 똑같은 걸까. 풀의 수명 따위 생각해본 적도 없었다.

짧게는 1년에서 길게는 수년 정도라고 한다. 100년이 넘는 세월 동안 이름 모를 들풀은 그리도 많이 피고 지고 다시 피었을 텐데 내 눈엔 다 똑같아 보였다.

오소소 팔에 닭살이 돋았다. 가만 보니 인간도 마찬가지였기 때문이다. 널리 알려진 위인 외엔 금방 사람들에게 잊히고 누가 누군지도 모른다.

실제로 조선 시대의 사진이 공개되었지만, 이 많은 사진에 등장한 수많은 얼굴이 누구인지 그 이름을 아무도 몰랐다. 얼굴만 사진으로 남아버린 사람들. 마치 풀처럼 살다 갔구나. 그래서 민초라 불리운 것일까.

먼 훗날 누군가에게는 나도
고작 풀 한 포기로 보일 수 있겠구나.

- 미래의 풀 한 포기
김다슬 올림

기분을 관리하면 인생이 관리된다

초판 1쇄 발행 2022년 04월 05일
초판 80쇄 발행 2024년 09월 20일

지은이 김다슬
펴낸이 김상현
디자인 신승혜

펴낸곳 (주)필름 / 클라우디아
등록번호 제2019-000002호   **등록일자** 2019년 01월 08일
주소 서울시 영등포구 영등포로 150, 생각공장 당산 A1409
전화 070-4141-8210   **팩스** 070-7614-8226
이메일 kim1222kr@feelmgroup.com

클라우디아 출판사는 (주)필름의 출판브랜드입니다.

© 김다슬, 2022

ISBN 979-11-966171-2-7 (13810)